王蒙八十自述

风云起伏的历练

八十三载的感悟

人民出版社

王蒙摄于 1988 年。

前　言

　　到 2013 年 10 月，我满 79 岁实足年龄，按照中国咱们本土的习惯，可以毫无迟疑地自称八十老翁了。同时，我入党已经六十五年，从事文学创作则是六十个年头了。

　　耄耋初度复何之，键雨书潮堪自持？忧患春秋心浩渺，情思未减少年时。

　　六十年，六十五年，八十年，风风雨雨，红红火火，磕磕绊绊，上上下下，城城乡乡，贵贵贱贱，内内外外，进进退退；端的是丰赡热闹，百味俱全。温而时习之，可以知顺逆，思奥妙，叹消长，审得失，俯察仰观，益智消暑，清心明目。我自然应该感谢历史的厚爱，生活的厚爱，国家、社会、中国共产党的厚爱，还有其他党派、无党派、各国尤其是本国读者、人众、各方面友与非友……尽是知我爱我，对我倍加关注、使我有所体验、有所见闻、有所历练、有所痕迹也有所长进者。人民出版社的友人们鼓励我编一本文图并茂的自述书籍，回顾过往，温故知新，虽不说回眸一笑而生百媚，却也还平心静气，熟虑深思，闲话玄宗，前事后师，老马识途，路遥知马力，破妄拯迷，或可一笑解愁，更上一层楼，天凉好个秋！

　　书中某些内容曾见于近年拙著《半生多事》《大块文章》《九命七羊》《一辈子的活法》等书，此次补充了 2012 年后的最新情况。尤其是大量图片，希望它们提供的不仅是视觉印象。亲爱的读者，让我们共同审视把玩此王蒙的《八十自述》吧。

2013 年 8 月

八十自述

目 录

第一章　童年与"少共"

1934—1949

南皮—潞灌—龙堂

我 1934 年 10 月 15 日出生在北京沙滩，那时父亲正在北京大学读书，母亲也在北京上学。大概我出生后过了一两年，被父母带回了老家——河北南皮。也是许多年后，我去龙堂的时候，才听乡亲告诉，我家原是河北孟村回族自治县人。后因家中连续死人，为换风水来到了离南皮（县城）远、离孟村近的潞灌。

1984 年我首次在长大成人之后回到家乡南皮——潞灌——龙堂。我看到的是白花花的贫瘠的碱地，连接待我的乡干部也是衣无完帛，补丁已经盖不上窟窿，衣裤上破绽露肉，房屋东倒西歪。我从县志上读到当地的地名与人名，赵坨子、李石头……还有我认为最具代表

童年时与乡亲的孩子在一起。

1

王蒙（右一）与儿时的玩伴在中山公园的合影。

河北南皮县城城北角的唐代石金刚远近闻名。　（彭世团摄）

性的民谣：

　　羊巴巴蛋，

　　上脚搓，

　　俺是你兄弟，

　　你是俺哥。

　　打壶酒，

　　咱俩喝。

　　喝醉了，

　　打老婆。

　　打死（读sa）老婆怎么过？

　　有钱的（读di），

　　再说个。（王注：家乡人称娶媳妇为说个媳妇）

　　没（读mú）钱的，

　　背上鼓子唱秧歌。

　　至今，读起这首民谣，我仍然为之怦怦然。这就是我的老家，这就是北方的农村，这就是不太久前的作为伟大中华民族的后人的我们中多数人的生活。

　　2005年春节，我与在京的亲属共访龙堂。与20年前相比，已经是天上地下，我颇感欣慰。

父亲王锦第。

我父亲王锦第，字少峰，又名曰生，北京大学哲学系毕业。他在北大上学时同室舍友有文学家何其芳与李长之。我的名字是何其芳起的，他当时喜读小仲马的《茶花女》，《茶花女》的男主人公亚芒也被译作"阿蒙"，何先生的命名是"王阿蒙"，父亲去阿存蒙，乃有现名。李长之则给我姐姐命名曰"洒"，出自达·芬奇的名画《蒙娜丽莎（洒）》。

北大毕业后，父亲到日本东京帝国大学读教育系，三年毕业。回国后

父亲王锦第与孩子们，左起堂姐王蕊、王蒙、父亲王锦第、姐姐王洒、堂姐王生生。

3

他最高做到市立高级商业学校校长。时间不长，但是他很高级了一段。这是仅有的一小段"黄金时代"，童年的我也知道了去北海公园，吃小窝头、芸豆卷、豌豆黄。

我的母亲本名董玉兰，后改为董毓兰，解放后参加工作时正式命名为董敏。母亲个子不高，不大的眼睛极有神采，她常常不能控制自己的表情，转眼珠想主意，或者突然现出笑容或怒容。她是解放脚，即缠足后再放开。母亲上过大学预科，解放后曾长期做小学教师，她出生于1912年，1967年退休，是养老金领取者。她善于辞令，敢说话，敢冲敢闯，虽然常常用词不当。

她的生活尤其是精神相当紧张，一个主要原因是一直经济困难，无保证。父亲对于家庭的财政支撑有时是灵感式、即兴式的，他声称给过家里不少的钱，但他也会无视家庭的固定需要而在毫无计算计划的情况下一高兴就把刚领到的月薪花掉一半去请客。他面对的却是一个常常吃了上顿没有下顿的妻儿与亲戚。

这样母亲就对父亲极端不满意。她同时渐渐发现了父亲的外遇，至少是父亲希望能有机会结识更多的年轻貌美新派洋派的女性。尤其是在父亲的校长职位被炒以后，我的外祖母董于氏（解放后报户口时起名于静贞）、姨妈董效到来之后。她们三个人经常做的一件事就是聚在一起，同仇敌忾地研究防范和对付父亲的办法。

正是在中国，人们常常会把修身、齐家、治国与平天下视为一体一揽子，也只有在汉语中，国家——古代更多的是叫"家国"一词中，既包含着国的意思，也包含着家的含意。我就是从自己的家中知道了什么叫旧社

姐弟四人，左起：姐姐王洒、王蒙、妹妹王鸣、弟弟王知。

1962 年母亲与姐弟四人。左起：妹妹王鸣、弟弟王知、王蒙、母亲董敏、姐姐王洒。

会，什么叫封建，什么叫青黄不接的社会转型，知道了历史的过渡要人们付出多少代价，承受多少痛苦。以为不必革命，只需好好地念《三字经》《弟子规》就能秩序井然地过太平日子，这样的人是太白痴啦。

精彩得如此荒唐

父亲后来离开了北京，在兖州、徐州短期任教，后来到了青岛，任师范学校校长。应该是1944年，春节前夕，父亲托人给家里带来了信与年货。信里有一个重要的叮嘱，就是要注意洗澡，每天都要洗，可以洗一次，也可以洗两次。他带来的礼物尤其辉煌：一个是一盒巧克力糖，从包装到味道对于我们与其说是神奇，不如说是匪夷所思。另一个礼物就太伟大了，是商务印书馆出的一套玩偶：白雪公主与七个小矮人，彩色，木质，有底座，可以放在地上，另有一个木槌，一个弹子，玩时用木槌打弹子，看能击中哪个木偶。它们确实在我与姐姐眼前打开了一个神奇的世界。

但是母亲恨得咬牙切齿。对于亟待日用补贴的母亲来说，父亲的行为几乎是一个挑衅。是与家庭、与现实、与生活的决裂。她给父亲起的绰号是"外国六"，是"猴儿变"，前者说他脱离国情，全盘西化；后者说他一会儿一变，像一只猴子一样地不可捉摸，靠不住。后来，母亲的批评更加厉害，说父亲是"社会一害"。而父亲对母亲和她的母姐，则称之为"三位一体"，"愚而诈"……

我曾经抱着沉痛、同情却也是轻视与怜悯的态度回顾父亲的一生。我的一个异母弟弟在父亲的墓地上说了一句话，他说父亲的一生的最大贡献就是走出了龙堂村。我很震动，这可是不得了啊。如果没有走出龙堂村，王蒙的一生会是什么样子呢？

我的四个长辈：父、母、姨和姥姥都极爱我，我从小生活在宠爱之中。5岁时一次父亲带我去看牙齿，等候上公共汽车的时候，他说我去取一点钱。然后他去了一个地方，过了一会儿他出来了。我问他他

上小学二年级时赠送给级任老师华霞菱的照片。1993年在台湾访问时再次见到华老师，此照片为华老师赠送的复制件。

的帽子哪里去了，他不回答。我记得他带我去了牙科医院还磨洗了牙齿。后来我指着那个父亲取钱的地方对母亲说，这是父亲取钱的地方。母亲连忙喝止。后来我识了字才知道那里写着的招牌是"永存当"三字。

我们从小就有一个印象，父亲不好，母亲好。母亲多半是为孩子们服务。一次我吃面条，我说太咸了，不吃，母亲就放醋，醋又放多了，更不

1993年12月王蒙夫妇访台时去台北探望华霞菱老师，左起：华霞菱儿媳、华霞菱、王蒙、崔瑞芳、华霞菱儿子。

好吃了，我哭了起来，母亲的表情像犯了大错误一样，一再向我抱歉。这个事我长大后后悔莫名。

姥姥带我去白塔寺庙会，买药给我点痦子，用一点类似稀释的硫酸之类的东西，抹到痦子上，如火烧般疼痛。几天后，这粒痦子消失了，脸上多了一个小坑，别处又长出了几粒痦子。

我第一次书法作业写"红模子"，小学生先要研墨，对于生手来说，研墨已经搞得到处是黑迹了，再用毛笔将红字涂黑，偏偏笔头不听使唤，我急哭了。姥姥便佘太君亲征，捉刀代笔，没想到她老人家描"红模子"

的水平比我强不了多少。我更加焦躁起来，怎么样收的场，我已经不记得了。

二姨在她们三个人当中最有"才华"，她的毛笔字写得不错，最喜读书，她念的唐诗则是"打起黄莺儿，莫叫枝上啼，啼时惊妾梦，不得到辽西"。想到二姨从19岁守寡的特殊经历，此诗令人欲哭无泪。

二姨常常辅导我的作文，有一次作文题是《风》，描写了一段飞沙走石的大风以后，结语处二姨增添了这样一句话："啊，风啊，把这世界上的一切黑暗吹散吧！"

2011年9月1日王蒙回到母校北师第一附属小学（现西四北四条小学）参加开学典礼。他坐在当年上学时的原座位上追忆逝去的时光，他记得从小喜欢数学课。
（彭世团摄）

我要革命

1945 年 8 月日本投降，我的民族情爱国心突然被点燃。同学们个个兴奋得要死，天天上五年级的级任郑谊老师那里去谈论国家大事。郑老师说道，抗日战争前，蒋提倡"新生活运动"，国家本来有望，但是日军的侵略打断了中国复兴的进程，等等，我们义愤填膺。我愈想愈爱我们的国家，我自己多少次含泪下决心，为了中国，我愿意献出生命。顺便说一下，郑老师解放后曾经是全市著名的模范教师，1957 年"反右"运动中，她也未能幸免。

也是这个夏季，我做出了跳班考中学的决定。我看了丰子恺的一幅漫画：画着三四个孩子腿绑在一起走路，走得快的孩子被拖得无法前行，走得慢的孩子也被拖得狼狈不堪。我竟从此画中得到了灵感，我认为我就是那个走得快的孩子。

我本来想报考离家很近的男三中，排到了报名窗口，人家要小学的毕业证，并明言不收"同等学力"者，我只好去考私立的平民中学，一考就中，而且上学后仍是差不多年年考第一。

日本投降后父亲从青岛回来了，暂时消消停停。一天晚上他往家里带来一位尊贵的客人，是文质彬彬的李新同志。当时，国、共、美三方组成"军事调处执行部"正在搞国共的停战。驻北平的调处小组的共方首席代表是叶剑英将军。李新同志似是在叶将军身边工作。李新同志一到我们家就掌握了一切的主导权。他先是针对我刚刚发生的与姐姐的口角给我讲批评与自我批评的道理，讲得我哑口无言，五体投地，体会到一个全新的思考与做人的路子。对于我来说，这是一个做圣人的路子，遇事先自我批评，太伟大了。

紧接着李新叔叔知道我正在准备参加全市的中学生讲演比赛。比赛是第十一战区政治部举办的，要求讲时事政治的内容。父亲先表示对此不感兴趣。李新叔叔却说一定要讲，就讲"三民主义"与（罗斯福提出的）"四大自由"，主旨是现在根本没有做到"三民主义"，也没有"四大自由"。我至今记得我的讲演中的一句话：

"看看那些在垃圾堆上捡煤核的小朋友们，'国父'的民生主义做到了吗?"

无须客气，这次比赛的初中组，我讲得最好，连主持者在总结发言时都提到王蒙的讲话声如洪钟。但我只得到了第三名，原因当然是主办者的政治倾向。他们闻出了我的讲话的味道。我也学到了在白区进行合法斗争的第一课。

初中时参加全市中学生讲演比赛，获得第三名。

1948年初中毕业时的王蒙，领章为"平中"二字。

平民中学有一个打垒球的传统，我现在还不明晰当时我们从日本人那里学到的垒球是不是现名棒球。垒球队有一个矮个子，性情活泼，机灵幽默，（运动）场风极佳的后垒手何平。即使他输了球漏了球，他的甜甜的潇洒的微笑也会为他赢得满场喝彩。一天我在操场上闲站，等待下午上课。他走过来与我交谈。我由于参加讲演比赛有成也已被许多同学知晓。他问我在读些什么书。我回答道："我的思想"，我顿了一下，然后突然宣称，"——左倾！"

赶得别提多么巧，何平是老地下党员，我的宣示使他两眼放光，他从此成了我的革命的领路人。

此后，父亲随李新同志去了解放区，到父亲的老师范文澜任校长的北方大学去了。而我，也立即跟随何平走上了一心要革命的道路。

失落了的童年

由于匮乏和苦难，由于兵荒马乱，由于太早地对于政治的关切和参与,我说过,我没有童年。

我没有童年,但是我有五岁、六岁、七岁直到十几岁的经历,一年也不少,一天也不缺。回想旧事,仍然有许多快乐和依恋。

我喜欢和同学一起出平则门(阜成门)去坑,城门洞有刺刀出鞘的站岗的日本兵。过往的中国百姓要给他们鞠躬,这是一个非常恶劣的记忆。一出城门就是树林、草花、庄稼、河沟,充满植物的香气。

我更喜欢从西城家中走太平仓经厂桥、东官房到北海后门。一进北海后门,先听到的是水经过水闸下落的声音,立即感到了凉爽,进入了清凉世界。

我也喜欢短时间的北京城向大自然的回归:夏夜,在院落中乃至到胡同口乘凉,听姐姐背诵杜牧的诗句。确实那时的北京夏夜到处都能看到款款飞着的萤火虫。

我毕竟是男孩子,当然也有野一点的玩法,在墙头上玩打仗,每天没完没了地做手枪,有时幻想着自己有一只活像真枪的手枪,大喝一声"不许动!"嘎——咕,一枪毙"敌"于脚下。

我的读书主要是童年与青少年时代。我什么都读,有关于健身和练功的,其中最得益的是《绘图八段锦详解》,什么"左右开弓要射雕",什么"摇头摆尾去心火",我至今会练。我也读过一些太极拳方面的书,不懂,也很难学着练。从此我深知世界上有些事情示范、比画、身体力行的意义远远胜于课本。

我也在那里读了《崆峒剑侠传》《峨嵋剑侠传》《大宋八义》《小五义》等章回小说。我喜欢郑证因的技击小说《鹰爪王》,宫白羽的《十二金钱

1948年王蒙与何平（左一）及同班同学秦学儒（左二）。何平是老地下党员，是王蒙的革命领路人。

镖》，后者的人情世故的描写与冤冤相报的悲剧性的表现，使它的文学价值超过了当时的一般武侠小说。

最主要的是我在民众教育馆读了雨果的《悲惨世界》。一上来，先声夺人，雨果的书令我紧张感动得喘不过气来。看不懂也要看，对于社会的关注与忧思，"左倾"（虽然雨果时期还没有当今的"左"与"右"的分野）意识，大概从那个时候就开始了。

何平与李新同志又不同了，他热情、理想、坦率、充满活力。他不遗余力地对我与我的一位好友、昌平一家农民的子弟秦学儒进行"赤化"教育,我曾说,何平的家对于我们俩人来说,是一所家庭党校。

一年多后何平中学毕业,就业了,他的地下工作从面向中学改为面向"职业青年"了,他不再与我们联系,而改由职业的革命者,中共中央华北局城市工作部学委中学委的黎光同志联系我们。

14 岁入党

所有的卑微与耻辱,所有的渺小和下贱,在接触到了革命以后是怎样的一扫而光了啊。

我喜欢唱进步歌曲。《跌倒算什么》,这首歌的内容是为受挫的学生运动打气。《团结就是力量》,是学生运动的经典歌曲。最早何平教给我学会了《喀秋莎》,后来刘枫(即上文黎光)还教会了我唱最脍炙人口的苏联群众歌曲《我们祖国多么辽阔广大》,那种自豪感与开阔感是我从以往习唱的歌曲中从来没有体验过的。

有意思的是,还有一批并无革命词句的歌曲也纳入了革命的洪流,例如"太阳落山明朝依旧爬上来,花儿谢了明年还是一样地开……",也是刘枫教给我的,以及"可爱的一朵玫瑰花,赛的玛丽亚……",还有"温柔美丽的姑娘,我的都是你的,你不答应我要求,便向喀什噶尔跳下去……"1948 年春,在地下党领导下搞了一次平津学生大联欢,这些比较健康的民歌被联欢的大学生们所传唱，从此这些歌儿也成了进步学生的标志。国民党那边呢，只剩下了白光、李丽华的靡靡之音了。

有几个月刘枫同志没有来找我，我按他说过的地址去到他说的那一条街，一家一家地寻找，我找不到他。我体会到了失去关系的滋味，太悲伤也太恐怖了，哪怕只是一个进步关系，这个关系是不能中断的，组织的力量是无限的，失去组织就失去了一切寄托和希望。我曾经梦见了刘枫同志，但是醒来以后却找不到他。

当时的高中是各自招生，有的人便报考许多学校，花很多报名费，以增加保险系数。我则报了四中和位于北京地安门的河北高中（简称冀高）。两者都顺利考上。

我与秦学儒决定取冀高而舍四中。原因之一就是冀高有革命传统。"一二·九"时期北京中学生参加救亡运动的就以冀高为首。就在我们入冀高一个月后，刘枫来了，他二话没说就要介绍我们二人加入中国共产党，给我们看党章。我至今不知道他从哪里得知我们已经进入了冀高。

数天后即1948年10月10日，我与秦学儒在离冀高不远的什刹海岸边再见刘枫，声明都已认真考虑过了，坚决要做共产党员，把一生献给共产主义事业。刘枫宣布即日起吸收我们入党。秦的候补期为一年，我的候补期至年满十八岁，还有四年。刘指示我们，由于形势险恶，要特别注意保存力量，细致工作，扩大党的思想影响，并秘密发展外围组织。

然后我从什刹海步行返回位于西四北小绒线胡同的家。一路上我唱着冼星海的一首迄未流行开来的歌：

路是我们开哟,

树是我们栽哟,

摩天楼是我们

亲手造起来哟。

好汉子当大无畏,

运着铁腕去

创造新世界哟,

创造新世界哟!

我觉得再没有比这首歌更能表达我当时的心情了。这可以说是我的誓词。

中央团校

大中学校里热火朝天。由于学生里的党员比教工里的党员多,而刚刚解放时还没有来得及派遣干部去管理学校,于是学生中的党支部特别是成员数量多的团支部,自然成了学校的执牛耳者。校长主任老师,都听团支部的。学生中的党员团员干部,在课堂上出出进进,忙碌异常。

解放区来的革命大学招生,短期培训,毕业就出去当干部,以满足解放区迅速扩大的需要。华北人民革命大学的招生尚未结束,南下工作团又招人了，今天这个走了，明天那个又不见了。

就在这样的热潮中，我在1949年3月"脱离生产"（老区的这个词是指工人农民的）调到了新民主主义青年团北京市委，在中心区做中学团的工作。

1949年夏机构合并调整的时候，我被劝告继续回到学校上学。我却不想接受这个安排，我已经心浮气躁，心比天高，难以回到课桌后了。我实际已经"下岗"，便临时到暑期学习团去管伙食，这个时期我第一次学会了喝酒。接着，8月底我被分配去中央团校二期学习。我在15班。

开始中央团校还没有进城，我们的校址在京南的良乡县。我们听了许多高质量高规格的大课：李立三讲工人运动，陈绍禹（王明，时任法制委员会主任）讲婚姻法，邓颖超讲妇女工作，冯文彬（时任团中央书记）讲青年运动，艾思奇讲哲学，孙定国讲党史。尤其难忘的是田家英讲毛泽东思想，他从下午讲到晚上，晚饭后继续讲，讲到深夜。

在中央团校还进行了速成的思想改造，学员们如饥似渴地接受革命理论新思想新观念的同时，联系实际，检查自己原有的思想认识当中的问题，做过哪些错事坏事，是怎样地对不起人民，对不起革命。我们班两次举行全班的批评大会，帮助两个学员，他们都是来自大学的新参加革命工作的知识分子。一个人违反学习纪律与一位女学员搞恋爱，而且其表达爱情的方式完全是小资产阶级的。另一个人是反蒋反美的学生运动的积极分子，能说会道，喜出风头，典型的个人英雄主义者。

我们班上的团支部、党支部进行了十分民主的改选，完全由党、团员提名，候选人还发表讲话，讲自己如果当选将怎样做。其他成员也自由发言，气氛极其活跃。

在团校学习期间我们到北京参加了开国大典。我是作为腰鼓队的成员来到天安门广场的。我至今记得人民群众是怎样热烈地欢呼"毛主席万岁"，毛主席是怎样用湖南方言高呼"人民万岁"的。

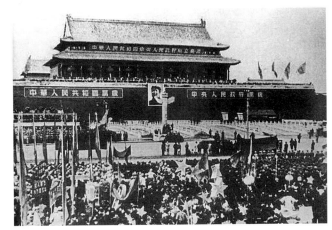

王蒙作为中央团校学员以腰鼓队成员的身份参加了开国大典。

团校二期后半期搬进了北京城后圆恩寺。兹后，我们班的学员多次聚会，包括原来受过大会批评的人，对于团校这一段经历，仍然十分珍惜。

第二章 "青春万岁"

1949—1958

我的阳光底色

1950 年 5 月，作为中央团校第二期毕业的学员，我回到北京团市委，分配到了第三区团工委，担任中学部后又担任组织部的负责人。

1951 年在北京团市委第三区团工委。

虽然只是巧合，但是我这次比较稳定地开始了新的工作。此时，恰逢苏联外国文书籍出版局出版的中文版加里宁著《论共产主义教育》在中国发行，而且这本书被大大地宣传了一番。

加里宁曾任苏联最高苏维埃主席。留着一个山羊胡子，给人以"加老"的感觉。加老的书深深打动了我，培养全面发展的新人（克服资本主义使人服从流水生产线对于工作的极端局部的片面化的要求，克服生产线对于人的片面铸造），个个身体健康，姿态优美，记得加老的原话是由于人人练习舞蹈，连走路的姿势也是优美的，头脑明晰，觉悟透辟，道德崇高，谈吐优雅，组织纪律，热情洋溢，纯洁晶亮。同时我们也不知学习了多少次列宁在苏联共青团代表大会上的讲话——《共青团的任务》，主要之点是：共青团的任务第一是学习，第二是学习，第三还是学习，简称"学习学习再学习"。

我把我的这种对于人生、对于工作、对于青年的现在叫做极其阳光的想法贯彻到实际工作中，我致力于让我所联系的团组织的成员们懂得已经具备了怎样的可能，我们必须努力，我们必须使社会、使国家、使人类、使我们自身比已有的现有的社会国家人类自身好上千倍万倍。

1951年王蒙（中间拿水杯者）在中央团校学习。

一个是组织大报告，要让团员们真正动员起来。一个是组织文艺演出和联欢，正是在文艺节目当中，可以充分表达我们的美好的理想，我们的崇高的情操，我们的善良的心愿。再一个我相信的就是批评与自我批评，包括会议上与私下里的交换意见。这也变成了我的童子功，看家本领。

这样的做人、交友、处世态度，这样的人生基调，我至今并不陌生更不丢弃。我给别人提过些什么批评，别人对自己提过些什么意见，倒真有点记不详细了。

1954 年，我们作为党委干部，最后一批改为薪金制。政府部门的早就改了，比我们有钱得多了。薪金制甚至使我略感惆怅。薪金云云，不是不无旧社会色彩的庸俗吗？我宁愿称之为工资，一提到工资，离工人阶级似乎近了点。

我一度认为父与母的生活也将揭开崭新的一页。而等我从中央团校毕业后，父亲又把他的离婚的问题提到我的面前。从理论上我认定，父亲与母亲离婚有可能为他们创造新可能，离婚有可能成为一种文明，我来操办，父亲和母亲离了婚。然后父亲匆匆结了婚，不久又闹了起来，其火爆程度不亚于过去。而母亲一直对父亲抱咬牙切齿的态度。

19 岁的初恋

1952 与 1953，这是两个有特殊意义的年份，不论对于国家还是个人。

1952 年伊始，开展了"三反"（反贪污、反浪费、反官僚主义）、"五反"（反行贿、反偷税漏税、反偷工减料、反盗骗国家财产、反盗窃国家经济情报）运动。

我们的区委位于东四十一条39号，是一个三进的大院子——原来的敌产。三五反办就设在正房的办公室。恰值寒假，一些学生党员调入区委搞运动，其中就有女二中的崔瑞芳。我曾经在午夜到她们的办公室去，我很感动。

年轻时的崔瑞芳。

当我想到崔瑞芳的时候整个世界都呼啸和旋转。当我想到她与我都生活战斗在这一个大院里的时候我觉得十分温暖。我当然找得到一种适当的方式表达我的感情。我与她说话，我借给她书看，我找她散步，我给她写了极其美丽动人的信。

我记得这一年的3月6日晚饭后我们去贡院西街市委党校礼堂听报告，报告会后我步行送她回西单住地，我们缓缓地走到了西单。我一个人又从西单走回了东四十一条。我惊异于灯火璀璨的北京夜晚的辉煌美丽。当然

1956 年，23 岁的崔瑞芳梳着长辫，后曾用笔名方蕤。

那时候不可能有太多的灯，由于我回来时街上再无一人，我只觉得千万盏灯在为我而照耀，我幸福得如同王子。

当时我只有 18 岁，瑞芳只有 19 岁，我虽然不大，但已经是干部，已经是小"领导"，已经自以为胸有成竹。而我的追求使她情绪极其波动。那时她是女二中的学生会主席，只是个中学生，她怎么可能一下子就与我定下一切来呢？有几次她正式拒绝。又有几次我们恢复了来往。所有这些都无比的美好，被友好地拒绝竟也是这样的美丽。

1952 年我们组织了马特洛索夫夏令营。马特洛索夫是一位苏联英雄，用身体堵住了法西斯敌寇的碉堡枪眼。有一部影片《普通一兵》讲的就是马特洛索夫的事迹。我们请作曲家郑律成谱写了营歌：

我们有一个，

亲爱的朋友……

他就是马特洛索夫——普通一兵，

普通一兵是我们中国青年的心，

我们热爱自己的祖国，

我们热爱自己的人民。

8 月的一天，一批学生，一批团员骨干，扛着帐篷、食品用品，浩浩荡荡，行军到西苑的一处空地，安营扎寨，开始了露营生活。快乐的集体生活让我非常感动。露营结束后我写了一篇长长的报道，报道与工作总结都受到了本单位领导的赞扬，报道寄给了《北京日报》，最后变成了两条简讯，每条不足 100 字，但也还是刊登出来了。

9 月下旬，我们忙于准备国庆节的节日活动。已经表示不怎么打算和我发展下去的瑞芳一天突然给我打电话，问我去不去看夜深举行的阅兵式预演。我们的一切都是与伟大的国家、伟大的生活紧紧联结在一起的。

我们不仅一起看了阅兵式预演，不久，我们去设备最好的东单大华电影院看了描写苏联海军生活的彩色影片《在和平的日子里》。

我们的生活中出现了世界、和平、生活、幸福、岁月、日子这些字眼，这些字眼令我感动莫名。

是的，初恋是一杯又一杯美酒，有了初恋，一切都变得那样醉人。

啊，作家！

我喜欢工作和学习，我也喜欢假日，我差不多把全部宝贵的休息时间（这个时间常常被占用），用到了阅读和欣赏（电影与演出）上。

我把更多的空闲时间放到阅读上了。我喜欢读爱伦堡的《巴黎的陷落》《暴风雨》和《巨浪》。我知道他确有写得匆忙和粗糙的地方，但是毕竟他有宏大的格局，鸟瞰的眼光，浪漫的色彩，缤纷的回忆与无限的情思。

我喜欢老托尔斯泰的《安娜·卡列尼娜》，他的笔触细腻生动，精当神奇。我从中开始感受到了爱情，感受到了人生，感受到了交际、接触、魅力与神秘，更感受到了文学的精雕细刻的匠心与力量。

我用更舒适更贴近的心情读屠格涅夫。丽尼的译本优雅已极。《贵族之家》的丽莎后来做了修女。《前夜》里的叶卡杰琳娜鼓舞了保加利亚的革命者。

而陀思妥耶夫斯基令我震惊，他的行文像是大河滚滚，浊浪排空，你怎么难受他怎么写，他亲手摧毁你的（阅读中的）一切希望、一切心愿，他让你绝望让你疯狂，他该有多么痛苦！

1955年王蒙与他的留声机。这是王蒙与姐姐购买的旧货。那时的苏联唱片8角钱一张，虽然转速常有快有慢，但还是用它听到了许多苏联歌曲和音乐。

1952年的深秋与初冬的夜晚我在阅读巴尔扎克中度过。我佩服与感动的是描写的准确性，一切都如见其人、如闻其声、如临其境。

我一遍又一遍地读鲁迅，《伤逝》是一首长长的散文诗。《孤独者》与《在酒楼上》字字血泪。我尤其喜欢他的《野草》，喜欢《秋夜》《风筝》与《好的故事》，还有《雪》："那孤独的雪，是雨的精魂……"

我同时愈来愈喜爱契诃夫，他的忧郁，他的深思，他的叹息，他的双眼里含着的泪，叫我神魂颠倒。

超越一切的是法捷耶夫的《青年近卫军》，他能写出一代社会主义工农国家的青年人的灵魂，绝不教条，绝不老套，绝不投合，然而它是最绚丽、最丰富，也最进步、最革命、最正确的。

1956 年在西单商场做的第一套西服。

突然，一个想法像闪电一样照得我目眩神迷：如果王蒙写一部小说？长篇小说，长篇小说……这样一个写作的念头足以令人如醉如痴。敢于做出重大的决定，这不正是小小王蒙的特色吗？

经过千辛万苦，我写完了《青春万岁》的初稿。怕手稿丢掉，我把相当一部分稿子抄写到大型笔记本上，再买了大量 500 字一张的竖写稿纸，往稿纸上誊。除了我自己我还委托我的妹妹王鸣与一位同事朱文慧同志帮助我誊写。誊也誊完了，时至 1954 年冬，距离开始动笔整整一年，我算有了一份厚厚的稿件了。父亲的同乡、同学，时任北京电影制片厂编剧的潘之汀老师把稿子介绍给了中国青年出版社文艺室负责人吴小武（萧也牧）。1955 年冬，吴小武找上老作家萧殷找我谈话，指出书稿问题在于没有主线，要求修改。萧殷老师还说准备由作协出具公函，给我请半年的创作假。

1956 年春，我应邀出席了由作协与团中央联合召开的第一次青年创作者会议。我尝到了梦想成真的滋味。

组织部来了个年轻人

改《青春万岁》很顺利，我常常住到郊外，我父亲那里，中关村公寓，不受干扰。

在最最享受的状态中，我有余力再写点别的。于是我在 1956 年 4 月，在我 21 岁半的时候，写下了改变了我一生的《组织部来了个年轻人》。①

5 月份我寄去了稿子，6 月份责任编辑谭之仁老师向我转达了主持常务的副主编秦兆阳老师对此稿的欣赏之意，并提出了原稿写得粗糙的地方，要我修改。我二次送去了稿件。

稿子在 9 月号的《人民文学》上登了出来，不是头题，头题是东北作家杨大群的《小矿工》。

先是听到对号入座的工作部门同志对于小说的爆炸性反应：主要是"我们这儿并不是那样呀"之类。其实这些人多是我的熟人、好友。接着由韦君宜、黄秋耘主编的《文艺学习》杂志，展开了对于《组》的讨论。我收到这一期大规模讨论的杂志的时候真是乐不可支。第一篇无保留地称赞小说的文章题名《生活的激流在奔腾》。第二篇就是严厉批判的了。一篇批判指出：林震不是革命的闯将而是小资产阶级狂热分子。一批青年作家，刘绍棠、从维熙、邵燕祥也还有刘宾雁等都写了文章赞

---

① 《组织部来了个年轻人》是王蒙 1956 年 4 月创作的短篇小说的题目，在《人民文学》1956 年 9 月号发表时改为《组织部新来的青年人》。

扬这篇小说。而一批我的共青团干部战友,包括李友宾、戴宏森、王恩荣等著文批评之。王恩荣同志还是我的老同学,是我介绍他参加了地下党的外围组织。我从身份上说正好处于赞成的与反对的两组人之间。然而我又是小说的作者,对小说负有不可转移、不可推卸的责任。这本身也奇了。

看到作品引起这么大动静,看到人们争说《组》,看到行行整齐的铅字里王蒙二字出现的频率那么高,我得意洋洋。

与此同时,我的《青春万岁》修改稿已在中青社三审通过。也算一夜成名。正在筹备复刊的上海《文汇报》驻京办负责人浦熙修命工作人员、著名电影评论家梅朵先生找我约稿,《文汇报》要求自次年即1957年1月1日起全文连载《青春万岁》。

1957年2月,《文汇报》突然(我的感觉是突然)发表李希凡的长文,对《组》进行了猛烈的批判,从政治上上纲,干脆把小说往敌对方面揭批,意在一棍毙命。我放不下自己的光

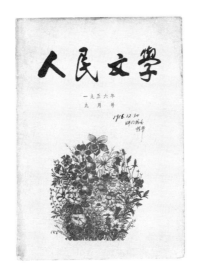

《组织部新来的青年人》发表于1956年9月号《人民文学》。

荣历史的包袱，我无法相信李希凡比我更革命，我无法接受李代表革命来揭批我。我很快给公认的文艺界的最高领导周扬同志写了一封信，说明自己身份，求见求谈求指示。

想不到的是很快我接到了回信，约我前往中宣部他住的子民堂一谈。顾名思义，子民堂就是蔡元培（字子民）住过的地方，是一个古色古香的中式大会客厅。此后，我在文化部上岗时在此办过公，至今仍有时在此会见外宾。我与子民堂确实有缘。

周扬开宗明义，告诉我小说毛主席看了，他不赞成把小说完全否定，不赞成李希凡的文章，尤其是李的文章谈到北京没有这样的官僚主义的论断。他说毛主席提倡的是两点论，是保护性的批评等等，令我五内俱热。

我听了毛主席在中央宣传工作会议上的讲话录音。主席说，有个王蒙写了一篇小说，什么什么，一些人准备对他围剿，把他消灭。主席说，我也是言过其实。主席说，王蒙我不认识，也不是我的儿女亲家，但是对他的批评我就不服。比如说北京没有官僚主义。中央出过王明，说自己是百分之百的马克思主义，百分之九十就不行？北京就没有官僚主义？反官僚主义我就支持。王蒙有文才，有希望。主席又说，小说有缺点，正面人物写得不好。对缺点要批评，一保护，二批评，不是一棍子打死。

主席说着说着找不着香烟了，便说"粮草没有了"。据说是陆定一连忙给主席送去了烟。

如此这般，化险为夷，遇难成祥，我的感觉是如坐春风，如沐春雨。我同时告诫自己，不可轻浮，注意表现。

大起大落

这里我要补充交代一下，由于团市委领导的关心，我自 1956 年秋，到四机部所属的 738 工厂——北京有线电厂，任团委副书记。我原来说过，写完反映中学生的《青春万岁》以后，我要再写一部反映大学生的作品。团市委领导王照华同志说，不要老写小资产阶级了，我就去了工厂。

工厂位于酒仙桥电子工业区，是第一个五年计划的一百五十六项重点工程之一。工厂的对口援助单位是列宁格勒（现圣彼得堡）红霞工厂，从厂长到总设计、总工艺、总会计师，一直到车间班组，都有相应的苏联专家与我们并肩工作。

1957 年 1 月 28 日，我与瑞芳在京结婚。那时，她还在太原工学院，仍有半年的大学没有上完。《组》发表后，《人民文学》杂志给我送来了 476 元人民币的稿费，相当于我日薪的五倍以上。《组》的所得已够我们购置当时条件允许的一些装

1957 年 1 月 28 日，王蒙与崔瑞芳结婚。

备，包括玻璃书柜、一头沉书桌、半软沙发椅等。我沉浸在新婚的幸福里，只想着天天与芳在一起。

林默涵老师将他打算在《人民日报》上发表的《关于小说〈组织部新来的青年人〉》的清样给我，征求意见。这也是毛主席说过的，批评谁先送过去看一看嘛，可以批评也可以反批评嘛。

此时萧殷应约正给《北京文艺》（现名《北京文学》）写一篇关于《组》的文字，他约我交谈。我告诉他林的文章的事，并告诉他，林文指出来的几处写得不妥的文字与小说结尾，都不是我的原作，而是《人民文学》杂志编辑部修改的结果。萧殷非常重视这一情况，并强调此事必须说清，才是对党负责的态度。我在给林默涵同志的回信中说及了此事。

文坛的深浅，其时我是一无所知。过了几十年，我才知道更重要的背景，说是毛主席对于编辑擅改《组》稿事震怒了，他老

1957 年夏，与妻子崔瑞芳在北京西山八大处。

说这样改缺阴德。

有趣的是我当时对《人民文学》编辑部的意见远比对《文汇报》小，我的发言中倒是有不点名地说《文汇报》的话。该报的承受力很强，我发完言恰好看到了梅朵与他的妻子姚芳藻。他们见我边点头边笑，苦笑加傻笑，令你没了脾气。很快，浦熙修与梅朵登门拜访，千说万说一定要选载《青春万岁》。也幸亏有这么一选载，否则，一切要等四分之一个世纪以后再说了。

三弄两闹，《组》的事不但化险为夷，而且变成了我的一件大幸事。当年"五四"，我被评为"北京市青年社会主义建设积极分子"。

我还挤出了时间与芳一起参加自费香山旅游，赶上了大雨雷电，吃的是西餐。此后多次我去寻找那个我与芳住过一夜的地方，找不到了。那个地方叫做"香山别墅"。这是唯一的一年，北京试办了自费周末旅行。"反右"之后，这些"资产阶级"的东西都一锅端了，直到改革开放，四分之一个世纪以后。

我生活在一个路口，我不知道下一步会发生什么事情，我确实觉得，自己有些不对头，某些事情将要发生了。

第三章 "夜的眼"

1958—1963

成了"右派"（？）

1957 年 5 月，在"鸣放"的关键时刻，我在工厂接到通知，说是市委将派车来接我去机关看一个文件。我等了几个小时，又通知我不去了。

后来我明白了，这是我命运中的一个关键情节。毛主席在当年 5 月 15 日写了《事情正在起变化》一文，提出了反右派的问题，批判修正主义的问题，给高级干部看，先在高级干部中做好从反对官僚主义、宗派主义、主观主义的整风运动到反对右派分子的猖狂进攻的指导思想的转变。当时有一种说法，就是对于那些要重点保护的党内外人士，可以提前给他们打招呼，给他们看这篇文章。我是怎样从可能被重点保护，经过一个下午，最多两个小时，改为不再保护了呢？详情不是我所能知道的，是福是祸也不是我能说得清的。

毛主席为《组织部来了个年轻人》说了话，我当然感恩戴德，但是我从来不认为这仅仅是毛主席对我个人的恩典。毛主席嘲笑苏联《文学报》转载了陈沂、陈其通、马寒冰等人的实质为批判"双百"方针的文章，而南斯拉夫的一家报纸转载了钟惦棐的《电影的锣鼓》是人以类聚，物以群分。不是正说明,毛主席既反"左"也反"右",厥执乎中吗?

紧跟着却转入了规模空前的"反右"运动。我的精神不再高调,我对报纸上揭出来的那些"右派",并没有那么大的政治肝火,我怕。我会出事吗?我问自己,我不明白。我忽然想起一句不伦不类的话,"没有功劳,也有苦劳",当时还没有此后的发展,叫做"没有苦劳,还有疲劳"。

我不安地苦笑着,不妙。

1957 年 11 月,领导通知,我回团市委参加运动。团市委领导对我直言,要解决我的"思想问题"。

这时全国的"反右运动"已经开展起来。一次我接到通知去团中央礼堂参加对刘绍棠的批判会。刚坐下,有人在背后拍我的肩膀,回头一看正是刘绍棠,我不禁魂飞天外。会上另一位青年作家,熟人邓友梅发言精彩,对刘的批判文情并茂,揭了刘也检讨了自己,还告诫了从维熙,语重心长。他的发言赢得了与会者的掌声。主持会议的老革命老诗人公木(解放军军歌词作者)做手势制止了鼓掌,说是不要鼓掌了,邓友梅业经所属单位研究,乃是"右派分子"。大家目瞪口呆。离奇的是过了不久,传来消息,公木老师公木领导也划成"右派分子"了。

团市委当时抓出一个"右派"比发现一个苍蝇还方便。负责我的"问题"的王静中是抓运动的骨干之一。他戴一副小眼镜,个子不高,很能分析问题。

我对于王静中与他领导下的几个人采取的是全面合作的态度。我相信组织的目的是教育我,批判从严,处理从宽。我相信王静中等同志对我是与人为善,他们都很尊重我,很客气,在批判最严厉的同时与我一个桌上

　　1957 年底受批判三天后拍摄的照片。小棉袄背在肩上，一脸的光明与潇洒，用王蒙自己的话说，"整个青年时代，我没有再照出过这样帅气的照片"。

吃饭，给我布菜，我相信他们真心相信对我是帮助是挽救是一片热忱。我也相信自己确实需要认真清理一下，我确实偏于软弱、过敏、多思，不够无产阶级。同样，我也深知，想怎么样对你，这是完全无法抗拒的，任何微小的抗拒，只能带来更大的危难。

对我的批评都与文艺问题有关，王静中表示他是懂文艺的，他也从艺术上批，如指出《组》中有哪些败笔。

开了一天会，除我外共 6 个人，文明批判，有理有情。然后挂起，直到 1958 年 5 月，确定帽子。

在批判会后 3 天，我照了一张照片，我开玩笑说是普希金的风格，我拿着背在肩上的小棉袄，一脸的光明与潇洒。整个青年时代，我没有再照出过这样帅气的照片。

悲剧成了闹剧

我热爱生活，我享受生活，这是无法改变的。1958 年 5 月，正式给我戴上"右派分子"的帽子，并开除了党籍，8 月 1 日，奉命去京郊的门头沟区斋堂公社（乡）的军饷大队（村）的桑峪生产队（自然村）劳动。我背着行李什物，在京包线的雁翅火车站下车，走了 36 里地才到达了桑峪。我第一次走在大山大河之旁，我看到了筑路大队与采石队的劳动，我感到的是空前的粗犷与充实。

崔瑞芳与大儿子王山。

使我不安的是芳，我们才结婚不到一年，我到远郊劳动去了，不能见面，她的处境也不好，怎么办呢？我们每天都通信，有时一天两封信，我的信全部是报喜不报忧，看我的信像是在欣赏山水，在学习提高，在搞农村调查，在补充学识。这样多的信我们一直存着，直到"文革"初期，才干脆一把火送它们到了子虚乌有的渺渺之境。

1958年10月15日我的大儿子王山出生。直到他3个月了，我才第一次见到他，因为秋收和深翻地大跃进，延迟了休假。

1959年春季，桑峪远山梯田上的梨花盛开，最美丽的季节到了。此后，我再也没有机会到这个名叫屁股峪的需要爬一个小时的山路的地方去看梨花了。因为团市委的下放干部走了，我们这些另类被分配到潭柘寺附近的南辛房大队一担石沟。我们编为八班，为长期工。另有一七班亦是长期，人数较我们少，属于历史有问题者。七班有一位同宗，旗人，说话极雅致，客气，温柔，标准老北京，略带女气，满脸带笑地用多礼的腔调对我介绍说："您老八班是'右派分子'，我们七班是历史反革命……"他的调门与社交场合互相介绍："这位是张老板，那位是刘二爷……"绝无二致。

　　1958 年，被错划为"右派"后，王蒙与崔瑞芳在苏联展览馆（今北京展览馆）前合影。

　　1980 年，王蒙与诗人张志民同回张的家乡桑峪。1958 年 8 月 1 日，王蒙奉命去京郊的门头沟区斋堂公社（乡）的军饷大队（村）的桑峪生产队劳动。

八班有班长副班长各一人,领导大家。造林队办公室的王主任比较适合抓生产,他对改造思想的任务不太钻得进去。一次他听八班汇报情况,睡着了。于是两位班长挑起了担子,有很强的领导意识,并说过能领导这么一些人将来回忆起来是有意义的。说来既可怜也有趣,这两个素来没有机会小露头角的小人物,竟在当了"右派"以后成了"领导",在"人民"面前他们是"罪人",在罪人当中,他们是"领导",罪人的领导依然是领导,这里的领导欲、领导迷,已经达到了疯狂的程度了。他们极力组织思想批判,用运动中自己受过的方法与语言自己搞自己。动辄深夜开会,抓住点什么就猛斗一气,一次斗得《北京日报》的漫画家李滨声几乎晕倒。

两位班长还抓文艺,下令我写一个反映"右派"改造的话剧剧本,并称这对国际共产主义运动也是有意义的。我明知没法写,但也天天熬夜,作苦思状。

值得一提的是一唱歌,就要齐声高唱李焕之的《社会主义好》,尤其要大声唱出"右派分子想反也反不了"那一句,一面唱一面互看莞尔,是为了表明立场的转变与彻底的服气吧,我想是这样。

回到"人民"队伍

与桑峪比较,一担石沟的一大优点是吃得好,大体按干部标准吃饭,不必向贫下中农看齐。但是很快就到了 1960 年冬季,中国的一个饥馑之冬。一担石沟虽然养着几头猪，对机关副食少有裨益。造林队转交给了报社作战备用，市委系统的副食生产开辟了新点，位于南苑西红门大队三乐

《夜雨》发表于 1962 年 12 月《人民文学》。

庄。于是 1960 年移师三乐庄，粮食定量从每月 45 斤一家伙降到 32 斤。

1961 年 5 月 1 日，依例休假，但不可以回北京，我们当然懂其中的考虑。我在宿舍内正在看一本书，忽听到熟悉的声音。是芳，她穿着一身干净的衣服，穿着我们结婚时我给买的翻皮正皮两样相拼的半高跟鞋，带着一点点心来到三乐庄。我不知道她是怎么找来的。她的到来使我激动流泪而又神经紧张。我与她出来并告诉她不可对这批"右派"太热情。我的怯懦使我至今脸红。

至少有五件事，我可以将芳与俄罗斯历史上的十二月党人的妻子相提并论。那位俄罗斯女子曾到西伯利亚与自己的丈夫会合，见到丈夫先吻他的镣铐。第一，她不受侮辱，宁可决裂吃亏。第二，她同坐火车送我去桑峪一直送到雁翅。第三，她曾陪我在 1959 年的春节去过一趟桑峪给农民拜年。为此她甚至受到亲人的指责，认为她太与"右派"界限毫无，她不惜与一切对我不好的亲人决裂。第四，她此年"五一"穿着半高跟鞋找到了南苑。许多看过她的书的人看到这里都说她太伟大了。第五，后面要写

到的，1963 年我决定要去新疆，我与她通电话，她三分钟不到就同意了。此后不但去了乌鲁木齐，还去了伊犁，去了公社和巴彦岱大队。

北京市委文教书记杨述 1958 年就不同意给我戴上帽子，在他的再次关心与催促下，1961 年秋，我算是摘掉了帽子，叫做"回到人民队伍"来啦。

1962 年春天，我正在三乐庄大田干活，收到人民文学出版社的约稿信，编辑张慕兰，评论家许觉民的爱人，要求与我见面。当然这封信是杨述的爱人韦君宜（时任人民文学出版社总编辑）关照发出的。

人民文学出版社的信可能促进了团市委对于我们这些人的出路的考虑。很快先是把我们调回城里，组织了一个调查组到房山、延庆等地调查青年生活文娱学习婚姻等诸方面的状况。这方面的经验帮助我写出了短篇小说《夜雨》与《眼睛》。1962 年，前者在《人民文学》后者在《北京文学》上发表。

有惊无险地渡过了反"右"关口的黄秋耘（《文艺学习》副主编）对我关心备至。我常常到大雅宝胡同他家去看望他。是他在此年 10 月告诉了我"精神又变了"的消息，他指的是北戴河八届十中全会的"千万不要忘记阶级斗争"的强调。

从此，昙花一现地发表了一点小文字的摘帽"右派"们再次销声匿迹。我的姐姐告诉我，上面已经传达，摘帽"右派"，就是"右派"。文艺十条八条之类，偃旗息鼓，就跟没有发生过那回事一样。我的所有稿件都被退回。《青春万岁》再次搁浅。

音乐与风景

1962 年 9 月，我分配到北京师范学院（今首都师范大学）中文系做教师。那时那里的校长是杨伯箴，他曾是团市委书记，地下时他是中学委负责人，我们早有相识。用一个略感厚颜的话来说，"他是了解我的。"我是无法再在团市委待下去了才到他那里去的，但我自己没上过大学，却可到高校里执教，这又使我有些微的得意。我给以研究鲁迅为专业的现代文学史教授（当时只是讲师）王景山做助教，王先生很文雅，政治上也很正面，他本是党员，反"右"中丢掉了党籍，但没有帽子。

开始，一切顺利，我与不少同学谈得来，他们当中后来有管过《小说选刊》的冯立三，成为大型文学期刊《当代》的负责人之一的汪兆骞，做过《文艺报》编辑部负责人之一的何孔周等。我与他们一起去香山春游，我重新尝到了学生生活的快乐。我给学生上过一次辅导课，讲鲁迅作品的语言，受到他们的欢迎。

1960 年我与芳又添一子王石，山呀石呀的命名都与我正在山区劳动有关。1962 年后，至少是我的小家成员聚在了一起。

1963 年初，学校给我解决了一间宿舍，是租的全国总工会干部学校的楼房。不久又调整到一楼的一处两间打开的大屋子，而且是花砖地。房屋向阳，而此前我们住的是南房。向阳房舍，阳光灿烂，使我们大为兴奋。我唱起了那个年代流行的古巴歌曲：

美丽的哈瓦那，
那就是我的家，
明媚的阳光照新屋，
窗前开红花。

那个时候能够使我心情解脱的只有两样，一个是音乐，一个是风景。

有时候我突然大唱一阵青年时代所喜爱的歌曲，更多的情况下是听唱片听广播。我购买了最畅销的《世界名歌二百首》，我感谢这本简谱歌本帮助许多人度过了那个禁忌多端、精神生活也陷于饥饿的年代。

我从小对自己的童年不满意，又受父亲的儿童教育畅想的影响，我相信假日就

1959年8月，王蒙用旧"卓乐基"苏制相机拍了一张崔瑞芳抱着孩子的照片，取名"社员都是向阳花"。

是儿童的节日，我拼命带他们去动物园、颐和园、香山、西山八大处和北海公园。我培养他们坐在茶座上嗑瓜子的习惯，认为这是人生的一大享受。

我曾经与弟弟一起骑自行车逛西山八大处，来回骑了50公里。还有一次我从父亲居住的中关村步行到卧佛寺，太远了，累得不行。幸亏碰到团市委书记张大中与市委宣传部长杨述，他们的车把我们带到了中关村。

紫竹院离我们的住处不远，我们在雨中游玩过，还在活鱼食堂吃过鱼，味道好极了。

早在1957年我买了一台旧的"卓乐基"苏制相机，300元，相当于很多人的半年工资。我们这个期间也能自己照相了。芳有一张抱着孩子，在穿过树冠的散落的阳光照耀下留的影，神态极其光明，我给它命名为"社员都是向阳花"——这是一首歌唱人民公社、歌唱三面红旗的歌曲。

风声渐紧

西山八大处是我十分喜爱的一个地方。它比香山更自然也更佛教。山林大体自然，八处景点是八处佛寺。一处长安寺与八处证果寺（秘魔崖）偏于南北两隅，二处到七处连成一片，上到七处宝珠洞可以鸟瞰北京城。

1962年秋，我得到邀请，中国文联将在长安寺举办为期两周的读书会，内容主要是反（苏）修。

<p

>HTTP</p><p>-</p>、<p>-</p><p>-</p>

八十自述

从1959年下半年以来，中苏关系已经成了仅次于粮食问题的人们关心的话题。我的心情一言难尽。

我至今认为这是毛泽东的无法宣示的两大战略举措，一个是1949年保留住香港不动。一个是和苏联决裂，和美国开始发展某种往来。

各省来的多是当地文艺口头面人物，有文联作协负责人，有刊物剧团负责人等。而北京市来的三个人，一是钟敬文教授，一是画家尹瘦石，一是我，都是有过帽子问题的，不知为何这样安排。

文联学习部王部长，联络部沈部长（女）在这里盯摊，二位都是老延安。文联党组负责人与副主席刘芝明以及副主席田汉、老舍等来看望学员，讲话聚餐，十分红火。刘芝明曾在中共中央东北局负责过宣传方面的工作，主持过批判萧军。他到北京后工作并不顺利，他给人的感觉是喜怒不形于色。而田汉、老舍两位大作家则精神奕奕，情绪饱满。田汉讲话大骂赫鲁晓夫这个"光头"，他打趣说，"虽然我也是光头"，幽默而又鲜明坚定。老舍也讲反修，说是现在苏联不行了嘛，世界要看中国，要看毛主席了嘛。听到党外高级人士也这样心明眼亮地论述世界共产主义运动的分歧与前途。我佩服，又黯然。

我的小组会批修发言受到同组学员赞扬，因为我是钻到这些作品的创作构思、艺术思维里分析批判的，我确实认为，批修的另一面就是给自己打预防针，就是改造思想，就是弃旧图新，我的发言必须触及灵魂（当时尚无此词通用）。一位外地的老领导鼓励我说，你确有才华，今后只要是方向正确，定能做出巨大的贡献。我很感谢。

不久前中国文联开了一次全国委员会扩大会议，在西山读书会上放了

46

周总理与周扬在此会上的讲话录音。周扬的讲话中提到了王蒙的名字,他说:"王蒙,搞了个'右派'喽,现在帽子去掉了,他还是有才华的,我们对他,要帮助。"

总理要文艺界做好准备,要在阶级斗争的大风大浪中接受考验,在这样的大风大浪中受到教育,增长才干,提高觉悟,克服弱点,等等。

总理讲得语重心长,苦口婆心,乃至忧心忡忡。到底是什么风什么浪呢?他没有具体讲,我甚至于想也许当时他也弄不清,反正是风浪要来了,非同一般的大风浪要来了,他看出了趋势,他预感到了前面的考验非同小可,他要告诉朋友们,我是爱你们的,你们要准备啊!

第四章 "逍遥游"

1963—1979

咸鱼翻身的尝试：干脆去新疆

在西山的学习对于我来说最重大的意义不在于认识了苏联修正主义的本质，而在于从这里出发去了新疆。

我与一些省区来的领导同志探讨去他们那里工作的可能性。江西、甘肃和新疆都表示欢迎我去。我觉得新疆最有味道，去新疆最浪漫、最有魄力。我给芳所在的学校打电话，找到了芳，芳说她同意去新疆，她喜欢新疆的歌舞。都这时候了，我们还有着怎么样的近乎荒唐的好心情啊。

1963 年 12 月下旬，新年前夕，我们破釜沉舟，卖掉了无法携带的家具，带着一个 3 岁一个 5 岁的孩子，出发赴乌鲁木齐。列车缓慢地

60 年代的乌鲁木齐火车站。

行走在路基尚未完全压实的兰新路上。张掖武威，乌鞘岭红柳河，嘉峪关玉门，这些地名就让我激动不已。

我受到了新疆维吾尔自治区文联同志们的很好的欢迎和照顾。我分到《新疆文学》杂志做编辑。这是我第一次真正进入了文艺单位，我们最初住

从妖魔山看乌鲁木齐（摄于 60 年代）。

在南门，离人民剧场、人民电影院、八一剧场和新疆生产建设兵团的黄河剧院都很近。到新疆后不久我就有机会在这些剧院里看演出，觉得非常快乐。

我说什么呢？人生也罢，时代也罢，历史也罢，祖国也罢，世界也罢，成功也罢，挫折也罢，对于我来说不仅是一个价值范畴，而且是漫游范畴。

我到新疆几天后就去看望自治区党委副秘书长牛其义同志。这话要从团北京市委书记张进霖同志的关心说起。我决定了去疆，张进霖知道了，提出一定要到家里看我，不但看望，而且当场给与他一同出过国的原新疆团委书记牛其义写了一封信，说是"我们的年轻的老干部王蒙同志到新疆工作去了，他的情况他会向你汇报，请多加关心鞭策帮助……"内中含义，无需演绎。

不用说，牛秘书长对我极友善，事后，牛秘书长甚至向文联打招呼，

说是张进霖同志告诉他，应该在适当时候解决我的重新入党之事。不久，牛其义又建议我去吐鲁番看看。于是编辑部安排我去吐鲁番，用现在的话来说，是去采风。

吐鲁番的每一处每一人每一景都让我感到新奇和雀跃。我看到了冬暖夏凉的纯土（泥）质拱形圆顶大屋子。我看到了晾晒葡萄干的通风土房。我看到了长达几百米的大葡萄架。我看到了坎儿井。我拜访了地质队。我拜访了种植葡萄的专家、先进工作者伍明珠女士。我吃高粱馕和包谷馕。我像欣赏新篇交响乐一样地欣赏人们讲说的维吾尔语。我长途跋涉到了正在施工的塔尔郎大渠工地，与农工一起用餐一起跳舞。我独自一人从工地沿铁路走了3个多小时，到达了3个月内只有两个乘客的夏甫吐拉（意为桃子）小站。由于这里难得有旅客，我的到达获得了车站工作人员的热烈欢迎，不但给我绿叶牌香烟吸（此时我已略能吸烟了），而且给我煮了卧鸡蛋的挂面。在新疆一切漫游都是那样的神奇，如同进入了童话故事。

不久，我在《新疆文学》上发表了散文《春满吐鲁番》。

喀什噶尔与叶尔羌

平津学生大联欢那一年（1947年），有一首新疆歌（经王洛宾改编）也普及起来：

温柔美丽的姑娘

我的都是你的

你不答应我要求

便向喀什噶尔跳下去……

那时的喀什噶尔比梦还遥远。1964年春天,我乘坐的八座嘎斯69(一种越野吉普)经过喀什噶尔河的时候,我兴奋得真想跳下去呀。

是自治区党委副书记兼政府副主席武光同志带我去的南疆,一次走了托克逊、库尔勒、库车、阿克苏、喀什、和田、于田,直到最最边远的民丰县,又名尼雅,因其境内流淌着尼雅河而命名。

6月了,我正式在麦盖提县红旗人民公社住了下来。这里是叶尔羌河流域,叶河是一条季节河,冬春季基本无水,没有桥梁,汽车过河就在河滩上颠簸,摇得五脏乱颤。夏秋大水漫流,无固定河道,宽阔恣肆,不失雄奇。

根据自治区党委文教书记林渤民的指示,县里配了一位助手兼翻译给我,他名叫阿卜都米吉提·阿吉提,是文化馆的工作人员。他的汉语虽然有限,但是我的猜测能力足以招呼一气,又译又蒙全无语言障碍。

我们一起访问了三八大队女队长买合甫汗,她参加过国庆观礼团,到过北京。她当过童养媳,对旧社会叫做苦大仇深,讲话也很有力量,尤其是她讲话时爱做一种摊开手掌,向前伸展的手势,令我想起洋人。

我们还访问了先进人物大队书记库万。他身高块大力大,双鞋如船,一面交谈一面接手摇电话,自称"我是库万书记"。人民是何等可爱,人民有何等伟力,我自幼培养成的民本直至民粹思想燃烧起来了。

我在麦盖提写了《红旗如火》与《买合甫汗》两篇报告文学,寄回编

1981年，时任北京作协副秘书长的王蒙回到伊犁巴彦岱体验生活，与骑着毛驴的村民伊萨克在一起。

在伊犁巴彦岱庄子的维吾尔族老乡伊萨克家。

辑部。收到回信有所表扬。

9月底，我启程回乌。我是坐拉小麦的车走的，他们喜欢开夜车，太累了，就把车停在路边，人钻到车下小睡片刻，再走。这同样带给我狂喜，如果一直是西单到东单，前门到地安门，你上哪里想象这样的生活去？

其后过了近30年，我在1992年到喀什，阿卜都米吉提·阿吉提还到我的住地来看我。

通过阿吉提的介绍，我认识了文化馆的另一个小伙子伊明，他教我唱维族歌曲《阿娜尔姑丽》，是电影《阿娜尔汗》的主题歌，这是我认真学的第一首维文歌曲。维吾尔歌曲我是一唱钟情，再唱难舍，三唱已经震撼了融化了我的灵魂。

伊宁：公社副大队长

我从麦盖提回到乌鲁木齐的时候，拙文《红旗如火》已经排好，最后一刻，还是抽掉了。文联内外，"王某是不可用的"云云，已经是家喻户晓了。

终于，1964年底，文联领导刘萧芜找我谈话，说经与区党委林渤民书记研究，希望你去伊犁农村劳动锻炼，兼任人民公社一个副大队长，学习语言，深入生活，将来（注意，是将来，不是现在）还是可以拿起笔来的嘛，希望你写出真正的好作品。他还说，如果需要，你也可以带家属一起过去。他又说，过了冬天吧，那边宣传部有一个同志叫宋彦明，是我们的作者，现在宋在北京给女儿看病，等宋回到乌市，我们和他说说，你再出发前去吧。

一听新的安排，我非常高兴，何况是伊犁，大家赞不绝口的伊犁。我到今天认为，在当时情况下，这已是最佳安排，这已经反映了刘萧芜、林渤民等同志的最好用心，我欣然同意。

我到达伊犁的时候正逢一个民族节日，我看到斯大林大街上一排排系着花头巾的少女挽臂唱歌前行，为之神往。

两天后我走了，到了伊宁县红旗人民公社，地名巴彦岱（蒙古语，即富庶之地），距伊宁市区5公里。宋彦明把我安排到这里，也是多行方便，有不让我太脱离城市生活之意。

1965 年初到伊犁时拍摄的照片。

　　经过一个熟悉的短短的过程，我分到了二大队一小队参加劳动，后任二大队副大队长，住到了一生产队社员阿卜都热合满·努尔家中。此老汉个子矮小，他一直受穷，土改后才结的婚，对方是丧偶、无子的寡妇赫里倩姆。

　　他们家有一间小小的（约4平方米）厢房，原来放一些什物，其中有一张未经鞣制的生牛皮，发出腥味。房中有一个矮矮的炕，能够住下一至两个人。根据它的布局，我去伊宁市巴札（集市或市场）买了一块羊毛毡

1981年回到巴彦岱的王蒙（右二）与维吾尔族乡亲们在一起。

子，铺在小炕上，上面放一条旧灰棉毯，再放一张结结实实的久经使用的褥子（这条褥子似乎是来自故乡河北沧州的为数不多的上一代传下来的旧物），再放上同样来自北京的被子与荞麦皮枕头，就是很好的枕席了。

漫画"伊丽（伊犁）乡间王老汉"——"伊丽乡间王老汉，天宫仙客到人间。躬身挽袖扛山岳，笑语欢歌意韵闲。"说明逆境没有压倒王蒙乐生的天性。
（吉建芳画、彭世团诗）

躺在那里，开始觉得牛皮味儿有些怪，慢慢也就习惯了，又不久主人把它拿走了。厢房有一处小小的玻璃窗，但窗玻璃上已沾满尘烟，完全不透明了。还有令人纳闷的是，这间小房的门歪歪斜斜，门楣处露着一处三角形的大缝子，直若有意为之。

我在这里入住没有三天，"金三角"空隙便显示了它的重要意义：两只燕子飞来做了窝，一公一母，情深意长，吱吱喳喳，沟通信息，友好切磋，抱怨牢骚，哼哼唱唱，示爱友好。一天过去了，一只香巢已经构建完好。

老乡们激动起来，他们说，老王真是一个好人啊，你看，那么多年别人住的时候燕子就不来，老王一住进去，燕子立刻就来了……

燕子筑巢与主人品行的关系，这是无法证明的一个课题，但是老乡的反应仍然使我快乐，这至少是一个美丽的说法，一个美好的想象，一句美丽的话语吧。

在生产队里

于是，我有了一个新的世界：号称花园城市的伊宁市和离伊宁市不远的伊宁县农村，伊犁河畔维吾尔人聚居的庄子，公路边的村舍，用生土坯和歪歪曲曲的木材建造的屋子，用生土硬夯出来的院墙。

相对来说，新疆的农业劳动不算太重，其中一个重要原因是新疆不怎么兴用肩担、挑，而运输物品主要靠一种叫做抬把子的器具，以红柳条编成一个矩形的下凹的长方形"浅子"，四个把手，一前一后两个人抬起来走，这样对体力的消耗要比挑担轻多了。

维吾尔农家很注意享受生活。他们常常连着房屋搭一个大棚子，或者也许应该叫做廊子，因为它是一个高于院落的土台，又大又方，把生活起作的区域（英语应该叫做 living room）尽量往户外延伸。到了夏天，由于有葡萄架、瓜架，遮阴乘凉的地方就更加宽敞。刚刚一过严寒季节或者已经到了相当寒冷的时候了，但凡有一点可能，他们都愿意在户外饮食、待客、活动，包括说话，维语叫做"啪啷"，西北汉语方言叫做谝传子。热合满有一句话，我觉得他说得平实而又形象：吃空气，天气只要稍稍受得住一点，他就说："出来吧，吃吃空气吧。"

院子后部主要是苹果园，赫里倩姆身手矫健，遇到芳来了，她会在一刹那间上到树上，站立在树上与我们说话，从树梢发出悦耳的笑声，摘或摇下果子给我们吃。

1981年王蒙（右三）与伊宁市巴彦岱人民公社的干部在一起。

与老爷子的户外"吃空气"论相呼应，赫里倩姆更喜爱的是约邻居在棚下或树荫下共坐喝茶。

伊宁县红旗人民公社二大队的队长叫做马木提·乌守尔，他原是一生产队队长，在"农业学大寨"的运动中有一些先进事迹，到北京、大寨等地参观学习了一回，回来后担任了大队长。

大队书记叫阿西穆·玉素甫，稀疏的小黄胡须，认真的工作作风，从不疲倦的身影。他也基本不识字，但说话做事都很有条理，也相当沉稳老练。

大队还有一个副大队长，叫塔里甫，他瘦高，较弱，尤其是他有一个小孩，患有严重的佝偻病，十多岁了，不能站立。过了两年，孩子死了，全村的人去送葬。在大队，我协助塔里甫抓过水利。

队里的会计也叫阿卜都热合满，很俊秀聪明，大眼睛更像一个演员。他喜欢读书，还能画画，配合社会主义教育（"四清"）运动，他画了不少连环画。

队里的出纳叫伊里泰，他很活泼、友好，会说一些汉语。一次在巴彦岱至伊宁市的公路上我们二人从两个方向对面骑自行车相遇，他手里正提着一瓶酒，便热情相邀，到路边的青纱帐中，拧下自行车铃的盖儿，以之做酒杯，我们一人一杯，为友谊与各自的家庭干起杯来。

农村干部有"春天的红人（指刚上台），夏天的忙人，秋天的穷人（指无法兑现社员的工分收入），冬天的罪人（一入冬就该搞整社之类的事了）"一说。但是我要说，我喜欢我的这些大队同事、大队的干部，同情他们。

1981年，在巴彦岱与村干部在当年劳作的农田上。

再走远一点吧

我去伊犁的时候恰逢社会主义教育运动，至少，我到的时候未发现什么斗得死去活来的紧张气氛，倒是都挺轻松和善。

1965 年夏天，我的兴奋灶集中到如何与芳团聚上。好在刘萧芜同志有言在先，可以把老婆接过去。芳早早与她工作的学校领导打了招呼，领导态度明确：不放。芳在那里工作很好，属于骨干教师，在一个工作人员单位拥有制的环境里，不放就是不放。但是我们从来有信心，除了无力回天的大形势外，别的事，下决心去做都有希望。毕竟我们有我们的经历与特点，实际上仍然受到了许多照拂。例如芳所在的学校的校长张树荣，言语行事，有不俗的表现。他终于同意芳的离开，他说了一句："王蒙，厉害！"其含意非我们能够破解的了。

说办就办，只能成功，不能含糊。我也回到了乌鲁木齐，那种体制下最难办成的人事调动事项，硬是让芳几十分钟就拿下来了。我与芳在好友陈柏中、楼友勤伉俪家住了一宵，我们无法说更多的话，但是大家明白，心照不宣。次日凌晨即起，赶到老满城回族司机马师傅的车那边，我与芳坐在驾驶楼里，东西行李头一天已由文联的车子送到装好，开拔，出发，就这样开始了新疆生活的一个新阶段，最无奈，然而也是最有趣的阶段。

头一天经过昌吉、沙湾和新开发的城市石河子，还经过了玛纳斯、克拉玛依和去往兵团农六师奎屯的道口。我想起了脍炙人口的吕远所作的歌曲《克拉玛依之歌》，它早在文艺整风期间就被痛批一顿。晚上住在乌苏县招待所，凭区文联的工作证住进，又找到了一点残存的干部感觉。房屋整洁，窗外白杨摆动，我心戚戚。

第二天住在五台，前不着村，后不着店，专门为旅客、车辆歇脚而修建的交通住宿点。在那里，我与芳共到兵团农五师开的饭馆用餐，我居然要了一份回锅肉，还点了白酒。何以解忧？唯有杜康。微醺中似喜似悲，

1965年秋与崔瑞芳赴新疆伊犁路上，身后是天山的枞树林。

但仍然服膺于时代的伟大与强悍。

第三天经过荒芜的克可达拉——意为蓝色的荒野，这个词在蒙古语中与维吾尔语中是一样的。经过三台海子——赛里木湖，沿湖岸汽车要跑一个多小时，多大的湖呀。三台完了二台，则是枞树林区，时有放牧的哈萨克人与林木工人经过。圆木房子如同童话世界。趁汽车休息时间，我与芳在枞树林前合影留念，是马师傅为我们按的快门。

然后进入伊犁河谷，经过霍城，据说离中苏边界只有40多公里，思之血压升高。经兵团农四师五〇农场，再往下，就到了我们的新家，我们的又一个故乡：新疆维吾尔自治区伊犁哈萨克自治州首府伊宁市了。

学习——我的不可剥夺的看家本事

到达伊宁的头几天我们住在宋彦明家。宋与他的妻子对我们睡地板十分不安，我认为地板极好，隔潮，有弹性，与床板无区别。宋就芳的工作安排与有关单位谈判了一回。最后，芳分到了市二中，解放路上，旧称三座门，绿洲影剧院对过，西大桥——机场路旁。二中过去称为维吾尔学校，俄式建筑主楼，地板地，雕花包皮革的门，讲究的窗扇与窗户。这个学校历史悠久，地点适中。

我们首先暂住在校团委办公室。到了冬天，芳分到了新落成的教师家

王蒙一家在伊宁市二中住房的旧址。　　　　　　　　　　　　　　（武汉大学於可训教授摄）

属房，平房，大致算是一明一暗，一进门，算明，有 8 平方米，再进一个门，是约 12 平米的主房，对着解放路二巷，一条宽宽的胡同。主屋的窗户很低，据说当地居民有席炕而坐，隔窗观景的习惯。我是多么珍惜，有了自己的一个方方正正的窝，属于自己的避风港。

　　我不在时，芳常常为临街的小窗而困扰，从那个小窗白天可以看到听到站在白杨树下、清水渠旁的美貌女伴们的青春絮语。深夜，隔窗可以听到喝醉的马车夫一步一跌地唱着伊犁民歌《羊羔似的黑眼睛》。其声如吼如哭，如怨如诉，如剖心沥胆如叹息如向真主的祈祷，苦辣酸甜，人生百味，尽在歌里。闻之泪下。

出于"深入"的火热心愿，出于对新鲜事物的强烈追求，出于对领导的指示的认真执行，出于自幼爱学习爱读书深信学而时习之不亦说乎的基因；也无须避讳，是由于填补空白的需要，除了劳动、顾家，我的全部脑力都用到了学习维吾尔语上。从字母学起，随时请教上过学的农民。我自找的课本还是自治区成立前由新疆省人民政府行政干部学校使用和编辑的。

　　1981年，新疆维吾尔族诗人铁依甫江·艾力耶甫（右三）陪同王蒙回到伊犁，与当地干部、作家在一起。导演齐兴家（右四）也专程从长春到伊犁与他商量将小说《蝴蝶》改编为电影《大地之子》之事。

　　赫里倩姆的继外孙女、7 岁左右的小学生热依曼听到我高声朗读课文，便自动来充当我的老师，她字正腔圆，口舌利索，清清楚楚地给我示范阅读，我听着，如听仙乐，如闻仙谕。

　　我做到了发烧学语言，我做到了走火入魔，乐以忘忧，以一当十，一隅三反。我知道灌耳音的重要性，我没有事就听，听得懂听不懂，都拿维语当音乐听。我可以专心致志地听维吾尔语广播，一听就听几十分钟，虽然没有听懂多少词。偶有耳获，捕捉住了一个什么词儿，如同得了奖中了彩一样的欢喜。

　　我做到了学一个词就把这个词与生活、与客观世界而不是仅仅与汉语的相应的词联系起来。这样，有相当一段时间，我做梦说梦话也是维吾尔语。几个月后，我就在生产队的会议上用维语发言了，我的发言的内容是批评记工分的平均主义。我受到了众社员的欢迎，他们甚至于要评我为人民公社的"五好"社员。

　　而此后"文革"的兴风作浪更给了我死记硬背维吾尔语的大好机会。语录，我读维语的。老三篇，我读维语的。唱歌颂毛主席的歌，我唱维语的。我至今说起来眉飞色舞的是，"文革"中我在家里高声读"白求恩"，一位维族老太太过来大声敲我的窗子，她说，她以为是收音机的广播，她说我读得太好了！

干活吃饭

怎么样才能活下去，这永远是工农大众面临的首要课题。要出工，至少是因为，不出工队里不会痛痛快快地给你发口粮。要割草，割了还要割。伊犁冬天长，雪大，小半年天寒地冻，牲畜吃什么？阿卜都热合满一到秋季，每天回家都特别晚，他收工以后，还要大割其草，而他回到家，往往拒绝立即用餐，而是气呼呼地先检查牲畜们的情况，看哪头牲畜饿着没有，如发现了问题，必定抱怨不止。

老太婆忙的是另一套，她们可没听说过女权主义或者男女平等。夏季打一次馕，烟熏火燎，颜面如焚。其他时间一件常活是掺和鲜牛粪与煤渣，做成含粪煤饼，贴到墙面上晒干。凸凸凹凹的土墙上，贴满大大小小状貌各异的大致圆形的牛粪煤渣饼，如金元如箭靶如密电码如红斑狼疮如天才的多义创作，很给人以现代抽象艺术的冲击感觉。

赫里倩姆还酿造各种食品，有一种用糜子米发酵做成的泡孜，类似淡黄酒加醋也类似俄式喀瓦斯。牛奶的制法也很多。发酵后是酸奶。酸奶兜在纱布里脱水，变成浓鲜酪，极美味，再脱水成为干酪。而老爷子的精彩贡献是自制葡萄酒，详情我写在小说《葡萄的精灵》中了。

她们做饭最迷人的是拉面，有时赫里倩姆姐姐的女儿、美丽的小学教师玛丽娅姆来帮助做。加盐水和好面团，分成几个长方形体的面记子，抹上一层菜籽油或胡麻油醒面。拉起来得心应手，巧手如花。而更典型的喀

　　1991 年 10 月 26 日，与当年的老房东阿卜都热合满在一起。在 2004 年冬阿卜都热合满去世前，王蒙每次回到伊犁，都会到他家看望。

　　1981 年，与当年二大队党支部书记阿西穆·玉素甫。

什噶尔式拉面是把面条盘成螺旋——圆形，如内地用的盘香，一锅面就这么一根，再拉起来又如整理打毛衣的羊绒线。

那个年代开一次会很麻烦，开一次会先要务虚，即讲一堆不着边际的话。一口气说了几十分钟，然后队长问道："怎么样？"众社员异口同声答道："乌仑拉依米孜！"就是要坚决完成坚决落实。

此后，除了分牛肉以外，其他都少有下文。例如，这里的农民习惯，使役的大牲畜均不带笼嘴，麦收中的牛马，大口吃麦穗，拉的粪便也都是麦粒。对此上级三令五申，必须给牛马带笼嘴。但社员就是不听。为此我感到不解，我与老农们商议，他们说，收获季节，胡大允许大家吃饱，牲畜也同样有放开肚皮大嚼的权利，万物自有定数，自有天饷（赖斯可），人类岂可擅动擅改！

维吾尔人喜欢的一个词儿叫做"塔玛霞儿"，可以译作"漫游"，但嫌文了些。可以径直译作"散步"，但嫌单纯了些。可以译作"玩耍"，但嫌幼稚了些。可以译作"休息"，但嫌消极了些。可以译作"娱乐"，但嫌专业与造作了些，娱乐是有意为之，塔玛霞儿却是天趣无迹。塔玛霞儿是一种自然而然的怡乐心情和生活态度，一种游戏精神。像 play 也像 enjoyment，像 relax 也像 take rest。维吾尔人有一句相当极端的说法："人生在世，除了死以外，其他全部是塔玛霞儿！"在这里我常常感染到他们的塔玛霞儿精神。

"文革"在巴彦岱的纵横捭阖

我常常琢磨，"文革"在巴彦岱是怎么样开始的。北京市委一改组，矛头一对准彭真，边疆也震动起来。我大队也召开了邓拓批判大会，大队秘书图尔地做主题发言，他也学会了搞批判，讲得情文并茂。

麻烦在于维语的"万岁"的说法是"亚夏松"，而"打倒"的说法是"哟卡松"，略有相近。我亲耳听到在批判邓拓大会上喊口号时，大队贫下中农协会主席毛拉·库图洛克把该喊万岁亚夏松的地方喊成打倒哟卡松。急得大队书记阿西穆面红耳赤，连忙竭尽全力用正确的口号把他的错误叫喊压下去。还好，在厚道的伊犁农村，没有人抓辫子整人。

一批判"资反"路线，农村也有了反响。首先是几个三年灾害时期东迁的新户。一个姓王的甘肃人，一个姓马的青海人，开始批大队的御用红卫兵。接着王、马等贴出了针对我的大字报。他们不知道我的姓名，称我为王益民，但是他们闻出了味道。

依例王与马向我发出"通令"，我去了庄子。有意思的是他们先要求我摘下眼镜来。我明白，对于他们来说，戴眼镜是一种奢侈，更是摆谱耍威风的表现。

我回去就病了，支气管炎，发烧。病了几天，再也没有什么事情发生。第一，我确实没有留任何把柄；第二，毕竟他们连我的姓名都闹不清。阿卜都热合满一再叹息，世界没有了主人（犹言没有了王法）了吗？

真正的人物还在后头。我们队里有一个机灵而又剽悍的回民朋友，在历史的这个当儿应运浮出水面。他叫穆萨子，他出来宣布夺权出乎我的预料。真是王侯将相，宁有种乎。和所有的权谋家一样，他的诀窍是依靠少数，控制压榨多数。

一个大字不识的穆兄，对少数能干的人，重点拉拢，对百姓，吹胡子瞪眼。但是有一个能人他不能征服也无法拉近。那是个老新疆，汉族，原是乌市员工，在灾害困难时期，很多单位忙着精简城市户口，

1981 年，王蒙回到巴彦岱，复习场上劳动。

他便被欢送回乡"加强农业生产第一线"，先到了伊宁市，又到了巴彦岱。论劳动和语言能力，二人无分伯仲；论头脑，这位汉族师傅比穆兄强。大队动员汉族师傅担任副队长，他坚决辞谢。对于穆兄的夺权，他若无其事，不卑不亢，不冷不热，不软不硬。两人保持距离，保持一种冷淡的友谊。

穆兄当队长不过一年，下台以后立即夹起尾巴，低眉顺眼，换成了另一个人，就如不曾夺过权当过队长一般。

在巴彦岱重温麦场上的工作——扬场。

71

笑到最后的笑得最好，汉族师傅终于轮到了一显身手的时机，他当了几届队长，后来又在经营渔业上成绩卓著。我理解，他最初坚持不出山的算计是有道理的了。

"王光美，王光美……"

我的处境使我事事偏于退让。芳的人生态度绝对与我不同，她是宁折不弯。"文革"开始后有一位姓范的工作组长对她不怎么样，她也在批资反路线时还以颜色，并和包括祖尔冬的一批性情投合的人组成一个战斗队。

我们是提倡发动群众运动的，但是一旦群众运动起来，运动就要跟着群众走了。

"文革"一打响，我先主动烧掉了家里的几乎全部字纸，特别是我在京郊劳动时与芳的全部通信和全部与文学有关的人士的来信，包括黄秋耘的，张弦的信件。

我们家也小小热闹了一回，一天夜间正好我在家，半夜只听到一阵嘟嘟嗦嗦的乱响，有点像从前在北京住糊纸的顶棚房子时屋顶上闹耗子，但声音较大，方向则非来自头上而是来自门外。第二天一推门，老天，敢情是贴到房门上的大字报："崔瑞芳，资产阶级生活方式，家里有沙发……还烫头发……"芳气得发昏，我则大讲正确对待群众运动。后来，来了几个话也说不清楚的学生，说是要把我们的准沙发椅拿走游街，证明他们大方向正确，"破四旧"有成绩。过了两天，破沙发椅原物送回，我们照坐不误。看到轰轰烈烈的"无产阶级文化大革命"到了边城窝囊成这个样子，我不禁为之叫屈。

芳与两位内地来的女老师关系不错，她们三位，在汉族女老师中算是打扮得比较整洁一些，形象也较好一点的。我们刚到伊宁二中不久，有一天在操场挑水时（那时全校只有一两个自来水龙头，用水要挑），我就听几个维族女员工在那里议论新来的汉族老师很漂亮，云云。她们进出校门时有几个女红卫兵便嘟嘟囔囔，仔细听才听得出来，小将们在说："王光美，王光美……"真是大大地过奖了。

我对大喇叭里从早到晚播放的语录歌曲有一些个性化的感受。一个是无论如何，我喜欢《大海航行靠舵手》这首歌的曲与词，亲切而又雍容。

"领导我们事业的核心力量是……"唱起来有一种颤抖感直到踊跃感。

"下定决心，不怕牺牲，排除万难，去争取胜利"，此曲极上口，不用学就会。唱多了我忽然听出一丝伤感，语言和曲调太用力了容易显出声嘶力竭来。声嘶力竭反而显出人的软弱而不是威风来。

最成功的语录歌是："我们共产党人，好比种子，人民……"，湖南花鼓戏的曲调，充满江南泥土气息。种子，要唱成种啊啊子，啊啊一唱，周身舒泰。

"凡是敌人反对的我们就要拥护……"我后来越来越觉得其旋律适合用来伴奏迪斯科。而"我们的教育方针……"呢，脉脉含情，风情万种，纯洁无助，白璧无瑕，令人泪下。

那个时候出现了一种新的文艺表演形式，叫"对口词"，两个人，一人一句（多半是豪言壮语），摆出特定的姿势，张扬四肢，屈伸腰背，忽然定格亮相，忽然旋转走场，互相映衬，如舞蹈，如京剧，如喊口号，叮当五四，倒也不失热烈。

别有洞天非人间

双方武斗局面渐渐形成，有时突然枪声响起，有一枪弹壳落到我们家近处，击落了邻居所栽种的南瓜。我们恐惧，心想离革命小将还是远一点好。经人介绍，在新华东路一巷 5 号的一家大杂院，租了一套本院最好的房子。

这是另一个世界，在这个世界里"文革"并没有那么重要。房东是一位老太太，阿依穆，住我们隔壁，房间里挂着其亡夫的大照片，神气威严，身穿类似哥萨克的士官服，他是伊犁、塔城、阿勒泰三区革命时的民族军军官。

厢房与南房里住的是另 4 家，一家是四川籍养路工人夫妇，曾经当面指出阿依穆你是地主。老太太汉语不好，听不懂，后来终于懂了，连忙否认，但也无法回应。一家是维族小老太太和她的女儿，北京大学物理系毕业生，在家等待上山下乡。还有一个男孩，大学生的弟弟，极淘气聪明。再一家是一个枯瘦如柴的哈萨克老女人，她的有病的儿子每天早晨骑马出去，每天天黑后骑马回来。最后一家是满族一对老夫妻，膝前一个抱养的小儿子，爱如至宝。

在这里我确实做到了抛掉文学，忘掉文学。芳还劝过我读读书，写写。我却真诚地向她说明，我已经不会写

1967年王蒙夫妇结婚十周年与王山、王石在伊犁合影。

不宜写也压根不想写了。连老房东阿卜都热合满也认为，一个国家，国王、大臣和诗人，这三者是永远不可缺少的。老王早晚要回到诗人的岗位上。我只能苦笑而已。

从1967年10月到1969年10月，两年来在这个边缘小院里的生活，我曾在中篇小说《逍遥游》中有许多记述。关于房东老太婆的行状，关于四川工人与我们的友谊：我们如何读书、比赛跳高、打麻将牌与跳忠字舞。比较有趣味的是我们几个人打牌时规定，三把不和就自动戴上纸制的高帽子。我本来命中有高帽之灾，由于应验在麻将游戏中手气"背"的时刻上了，灾难被引上了小路，才侥幸逃过了此劫。

《逍遥游》中我也轻描淡写了伊犁的武斗。站在我们院里，我们清晰地看到了最后六中学"血战红师"的旗帜中弹燃烧，徐徐下落。伊宁市六中有一位新婚不久刚刚从湖南乡下回来的老师，武斗全面开始时他抱着一床新棉被过马路，中了流弹，最后收尸时他已经中弹7个小时了。

我们都知道真理的魅力，因为人们爱真理，服膺真理，追求着梦想着对于真理的拥抱，与为了真理而献身。然而，你没有想过谬误的魅力吗？

谬误有可能比真理更五光十色，更咄咄逼人，更天马行空，奥妙无穷……

1971 年，芳在伊宁市解放路上行走，碰到她大学时代最要好的同学黎昌若。久旱无（没有逢上）甘雨，他乡遇故知。黎昌若是黎元洪的长孙女。黎元洪是武昌起义期间被辛亥革命起义者推动站到民国方面的一位前清军人，短期曾任中华民国大总统。她到伊犁来是为了处理她弟弟黎昌骏的丧事。黎昌骏身在新疆生产建设兵团农四师，"文革"中参加一派组织，武斗中中弹身亡。

或有忧思未敢言

开初，"文革"意味着紧张、风浪、决绝、严肃、一脑门子的你死我活，搞了一两年，三四年之后，人们享受了前所未有的松懈、自由乃至百无聊赖，空虚懒散。

在新华路一巷住了两年，芳的一个要好的同事，数学教师萨黛提，通过其夫一中校长巴衣·巴拉提（哈萨克族）的安排，我们住到第一中学家属院。原因之一是支付能力发生了逆转，1969 年春开始，我所在的单位自治区文联成立了大联委，大联委通知巴彦岱公社，王蒙属于没有改造好的什么什么，扣发工资，冻结存款，只发生活费每月 60 元。而且恰恰这一年我们添人进口，女儿出世了。

公社革委会明确告诉我，文联大联委不是权力机构，他们无权向公社下命令，他们不准备执行所谓冻结王蒙存款的语句。他明确地说，王在这里，并无不良记录，他们不准备对王下手。

顺便说一下，这里的公社干部都相当可爱。刘澄同志是大学生，不但能抓基层工作而且爱思考问题，常常能提出一些见解。公社秘书罗远富与妻子李惠坤都是八一农学院毕业生，他们都能扎根边疆与农民打成一片。

一中是以哈萨克师生为主的学校，旧称哈萨克学校。位于伊宁市西部努海图，这里过去是塔塔尔族聚居区，房屋显得比较洋，道路也比较宽阔整齐，但大多是土路。我在这里与少数民族人士一起，反而感到舒服一些。

由于工资被扣掉了一半多，生活开支渐显窘态。芳有一股子劲，与别人不同，正因为没钱了，她要带着大儿子王山与女儿伊欢坐飞机从伊犁到乌鲁木齐，再从乌市乘火车回北京。她不允许自家也不允许旁人向命运显现难色，她要永远鼓着一种劲。

我终于沉不住气了，在到伊犁6年以后，1971年春，我乘长途汽车回到乌鲁木齐，来到文联。要说我来得正是时候，1个月后，上级决定文联的人全部下干校，文联的性质属于斗批散机构。

我们的干校在乌市南郊乌拉泊地区。我们在这里待了两年多。我与维吾尔诗人克里木·霍加耶夫、评论家帕塔尔江等住在一间房里。我的"天天读"也参加维族组，反复阅读维吾尔文的毛主席著作，倒也颇有收获。

最大的收获是到了"五七"干校。总要给我一个说法，当时没有"政治问题"的人算作"五七战士"，有"问题"的人，如挂在那里的一些人，就不算战士。我终于在一次会议上，几乎是瓜熟蒂落地也是受宠若惊地明白自己是"战士"了，呜呼。

醉翁之意不在战斗，而在工资。不久，工资补发了，一下子两千多块钱。我告诉芳。最奇怪的是平素不喜爱讲教条的芳回信说："这是毛泽东思想的伟大胜利。"并立即去商店买了一条俄式紫红毛毯以示庆祝。

干校记趣

乌拉泊位于乌鲁木齐南 40 多公里，不远。离乌拉泊水库更近。一些文教机构用大量经费在这里修渠引水，拉线输电，盖房拓荒，还设置了一些拖拉机康拜因与运货卡车。

文联的人来到这里算是第一连，全"校"都是军事建制。开始几夜我是夜班浇灌，到次日凌晨真是累得步子都迈不动了。后来突然被连部选中担任炊事班副班长，受宠若惊。我学会了在大工作台面上一次和一袋面，这是我至今用来吹牛的一个资本。

炊事班长是老作家王玉胡（一大批新疆题材的电影片都是他编剧的）。他已经"解放"。《新疆文学》的主编王谷林的特长在建筑方面，尤其是修火墙，已达专业水准。可怜刘萧芜，还在"挂"着，负责喂猪，常常赶不上吃饭，只能吃剩的凉的。

给我印象深刻的是大批判。有一篇学习材料上赫然刊出了下面的文章，文章批判一篇童话《拔萝卜》，童话说兔儿种了大萝卜，个儿太大了，拔不动，便找了一大群兔儿来，一个拉着一个，合力拉起了大萝卜。但是批判文章令人喷饭。批判说:"萝卜明明是贫下中农种的,作家硬说是兔子种的,这不是睁着眼说瞎话吗?"

可以与之比美的有新任文化局领导的佳话,说是他审查一首歌词,歌词中有小溪唱着歌字样,领导说:"小溪怎么会唱歌?"

1972年王蒙到"五七"干校,出任炊事班副班长。图为班长、老作家王玉胡(摄于1958年)。在炊事班工作时王蒙学会了在大工作台上一次和一袋或更多的面。

但大家的情绪还是不错,第一,有活干,比整天两派斗,一斗斗了5年盖子还揭不开要好。第二,集体生活自有其特殊的乐趣,或者叫做热闹。第三,吃得不错,比在农村吃得好多了。第四,戈壁滩上空气纯净,透明度极高,晚间月光星光之明洁,是别处的人所无法想象的。

我们举行文艺演出,在戈壁滩上,在明月之下高歌猛唱,都道是上干校如同饮甘露、濯清泉、吃仙药、沐天恩,三生有幸。你很难说这些体会都靠不住。

"五七"干校期间,我曾经在一次国庆假期中奉命到呼图壁县雀儿沟林场装运木材。密林中的山沟,美丽清纯神妙,堪称绝顶。这几天奇异的经验,我写到中篇小说《鹰谷》中了。

到了1971年,"林彪事件"一发生,我们干校的那一股邪气立即撤掉了。人们的兴趣是改善生活与等待"毕业"。每天晚上,各室不是下象棋

1975年夏，王蒙夫妇与孩子在北京团聚。左起：长子王山、王蒙、次子王石、女儿王伊欢、崔瑞芳。

就是打扑克，鏖战到深夜。

我突然想到，也许虎头蛇尾是世界诸事的规律，许多战争是这样，许多创作也是这样——如《红楼梦》，创世是这样，"文革"也是这样。

到了1973年，根据当时的新疆一把手赛福鼎同志的指示，说是文联这一拨子人还是有可用之处的，遂成立了一个创作研究室，隶属于文化局下面，把全部原文联、现干校一连的人员调回。

告别伊犁

我立即全力办理有关芳的调回乌市的事儿。我使出了全身解数，找了所有领导、朋友以及善意待我者，使此事飞速完成，我甚至破格采取措

1970 年 9 月 4 日在伊犁与战友分别留念。前排中间兵团宣传队二大队工作组长斯楚湘，二排左一王蒙、左二小学教师买买提、左三工作组员小高，后排左一工作组翻译阿不拉、左二会计阿卜都热合满。

施，一放暑假就发电报，让芳与王石来到了乌市。我硬是敢于表态，即使伊犁方面不同意调出，她们也不会回去了。

1973年9月初，我一人回伊宁市办理调动与搬迁事宜。1965到1973年，时已八载，我们对伊犁确实已经培养了深厚感情。

我先去了阔别两年半的巴彦岱。老妈妈赫里倩姆因白内障已经基本失明，她告诉我她的心像烤焦了一样，我给她带了一些糕点糖果，喂给她吃（此后不久，她去世了，愿她的灵魂安息）。

到州里办调动，先是州上有关负责人断然拒绝，当着我的面，一位同志悄悄用维语说："老爷子有话……"这里的老爷子直译是"白胡须"，指地位，不是指年龄。我知道是伊尔哈力州长说了话。我头一天拿着王玉胡的信去看了他，管用。

一切办完，准备搬迁。我找了原巴彦岱公社秘书，当时的伊犁区党委张（世功）书记的秘书罗远富帮忙，找了一辆往乌市拉小麦的车，车厢尚余有较大空间，可以装上行李什物。而且，车辆免费。所有行李打了卷，所有什物装了箱，我在已经无法正常生活住人的房间又住了三四天，体会着告别伊犁的滋味。

我想起1971年我试探着去乌鲁木齐时，巴彦岱二大队书记阿西穆·玉素甫对我说的话："唉，老王，你是个好人。你到乌鲁木齐，好，就待下，不怎么样，就回来。"

我想起赫里倩姆，几年来我吃了多少她亲手做的饭食。最有趣是封斋期间，我白天照喝赫里倩姆烧的奶茶，照吃她打的各种大小馕饼。晚上，与他们一起好好吃一顿。清晨他们吃饭时我照睡不误，等我醒来后，她再给我加热，侍候吃食。

我也想起 1970 年底在伊宁市为购买茯茶砖而做的一次长时间排队。在第二门市部，我手持即将到期的茶票，前后排队 7 个小时。就在货物告罄前几分钟，我排到了！那种欢欣感胜利感成就感无与伦比。问题已经不在于我喝奶茶用的茯茶砖是否即将短缺，也不在于我们是否已与维吾尔人一样必须日日饮奶茶，问题是排队本身就具有挑战性、风险性与趣味性。我以排队为题材在 1981 年写过一篇小说《温暖》，一个好友说她看了很难过，大概是说我太"阿 Q"啦。

最难忘的是半夜醒来，听到了喝醉了的马车夫的歌声。这次去搬家，又听到了。维吾尔谚语云：车夫就是苦夫，信然。他们夜半出车前喝上点酒，唱一曲《羊羔似的黑眼睛》，其压抑，其呐喊，其多情，其梦幻，曲折往复，千啼百啭，热烈而又悲凉，粗犷而又温柔，端的是令人泪下。

游泳与写作

从伊犁返回乌市以后，我们住在芳所在的第十四中学家属宿舍中。这里离野营地宾馆很近，而野营地再往东一点就是红雁池水库。

乌市夏季短促，水库的水来自天山雪融，冰凉彻骨，但水质清冽，如镜如空，四周山形峻峭，如骨如塑。在这样的水里游戏，别有一番清纯净

从空中鸟瞰伊犁河。

王蒙与儿子一起戏水。

洁，抖擞振奋。我常常带上干粮，与孩子们在这里游水，晒太阳，嬉戏。

有一段时间无须天天上班，但每天下午组织学习"批林批孔"，我便早早去游泳，中午在红雁池吃因暴晒而馊的窝头，然后直接从红雁池骑自行车去创研室参加学习。到了学习会上，我嘴唇青紫，眼窝黄黑，头发蓬乱，身上的鸡皮疙瘩尚未全消，神情也比较奇特，语言也不甚完整。好友们便纷纷前来探问：你最近作息起居二便三餐……如何？有什么地方疼痛酸麻？是不是常感疲劳？欲说还休地建议我去医院"查一查"，看来，他们以为我得了怪症，说穿了怕我紧张。我只能窃笑，有一种恶作剧成功的儿童式满足心理。

最最得意的还不在以"怪病"状骗人，而是我从悬崖上往水库跳水。悬崖离水面 5 米以上，我这个年届不惑的人小心翼翼地爬了上去，睁大眼睛看着下面的水，奋力跳起，转身头朝下面，看到了一个自身头朝下自由

1973 年，"批林批孔"运动开始，当时从伊犁回到了乌鲁木齐的王蒙热衷于到市郊的红雁池水库游泳。图为王蒙从水库边的石崖上一跃而下。

85

降落，离水面越来越近的过程，虽然时间很短，但是演进十分清晰。我看到了山体，我感到了运动，靠近水面了，心中大喜，砰，有此一响便知大功告成，没事了，安然无恙，乃可转身，浮上来了。

我有一张自5米高的岩石上起跳的照片，可惜姿势不佳，胳臂、腿都没有伸直，像一个空中飞翔的蛤蟆。而我的二儿子石头，能双手张开，跳出一个"燕式"来。

我也真的考虑起写一部反映伊犁农村生活的长篇小说来。我写了伊犁的肥沃土地，我写到我在伊犁看到过的电线杆子发芽的奇景。我写到维吾尔女人的嗜茶。我写到伊犁地区其实是受俄罗斯人的影响的勤于为房屋粉刷。我写到秋收，麦场，牛车，水磨，夜半歌声，婚礼，乃孜尔（祈祷）。我虽然举步维艰，我虽然知道即使写好了也无处可以发表，但一经写到了生活，写到了人，写到了苜蓿地，写到了伊犁河，仍然是如醉如痴，津津有味。

我常常在家里待着了，自由散漫如了意。在家里待得多了，我自然管家务事特别多，我一面写作一面掌握着蒸锅的火候，写着写着忽然意识到馒头或者包子或者玉米面发糕熟了，一面写作一面不忘及时将开水灌入暖瓶，压上火或给火添煤，这使我骄傲于我的全天候抗干扰的写作能力却也不无委屈。

啊，毛主席

根据自治区的新规定，我们有权在时隔若干年后享受回北京探望双亲的路费。1975年暑假，我们一起回到了北京。

北京到处流传着江青"红都女皇"的故事。一个美国人采写了江青，写出了《红都女皇》一书，说是为此江青受到了毛主席的批评。

人们也讲到了"文革小组"的人反周总理的事。大家有一种感觉，已经走入死胡同的"文革"，快走不下去了，中国处在大变化的前夜。

从北京回到乌鲁木齐，不久就开始了所谓"反击右倾翻案风"。在邓小平恢复工作后，人们刚刚燃起的一点点信心，一点点暖意，又被结结实实地冻结了。

1976年，人们的心情益发沉重。1月，周总理去世。反击右倾翻案的宣传越来越高调。邓小平、万里等忽然销声匿迹，而稀奇古怪与居心叵测的文字不断出现在报刊上。什么梁效，什么石一歌，什么初澜……暗号或密电码式的"笔名"显示着诡秘的权威与危险。我对芳说，今年春节过后，恐怕要出事。4月，阴天，大风，很冷。芳（似乎还带着伊欢）在学校操场的自来水龙头处洗羊肚子，从哪儿淘换来的羊杂碎稀罕物，已不可考。忽然，她们俩气喘吁吁地跑了回来，说是北京天安门广场出了事。我们四目相觑，沉痛无言。

这就是1976年的"四五"事件，人们在天安门借悼念周总理表达对"四人帮"的不满，遭到了武力取缔。

9月的一天，忽然通知下午收听中央人民广播电台的重要广播。我知道，这一天到了，我们只求苟全性命于此时，一步也不敢走错，一声也不敢乱吭。

确实与周总理去世时不同，那时大家的反应是悲痛欲绝，而对于毛主席的逝世的反应，主要是严肃沉重惊惧静默。文联的人都低着头，只有一位人事干部说了一句："就怕这一天啊。"此外，没有一个人出一点声。

回到家里我与芳悄悄谈了半天，我们计算主席过世的时刻，恰恰是那天夜晚，我们俩破例谈了很多，那是一个月光如洗、令人难于入梦的夜晚。

我永远记住我说过的一句最尖锐的话：有过李大钊、方志敏、瞿秋白、恽代英、刘志丹、左权、吉鸿昌、赵一曼……这样的人物的党，有过马克思、恩格斯、倍倍尔、蔡特金、李卜克内西、台尔曼这样的国际资源的党，我就不相信这样一个党能三下五除二地变成李莲英的党，围着老佛爷转的党！

此后发生的事比电闪还快。我不是没有估计到事变的发生，但是想不到的是这样快。我热泪盈眶，我做诗填词，我见人就喜，逢人便说，太好了太好了，真真是又一次解放。

听着阔别十年以后又唱起了"洪湖水，浪打浪……"我悲从中来。听着"一道道山来一道道水，咱们中央红军到了陕北……"我痛哭失声。……我仍然心系中国，心系世界，心系社会，关切着祝祷着期待着中国历史的新的一页。

又好起来了，是真的吗

都说 1976 年把四个人抓起来是第二次解放，对于我来说，其意义甚至超过了第一次解放。

我试探地写了一篇小文《诗·数理化》，歌颂高考的恢复。这篇文章在报纸副刊上刊登出来，时为 1977 年 12 月，距上次在《新疆文学》上发表《春满吐鲁番》——1964 年 5 月历时 13 年多，加上 1958 至 1962 年的封杀期，1962 至 1964 年的半封杀期，我前后被冻结 17 年，半冻结 4 年。

受到小文发表的鼓励，我又写了小说《向春晖》，发表在《新疆文艺》1978 年 1 月号上。

接着收到了《人民文学》杂志向前编辑的约稿信。对于《人民文学》，应该写点什么，才能表示出王某仍然宝刀未老，仍然不辜负所谓"有文才"的"最高"点评而毕竟又是十年生聚十年教训后的王蒙，很有些个令人刮目相看的无产阶级的面貌呢？

我的新作是《队长、书记，野猫

1978 年 5 月《人民文学》刊登了小说《队长、书记，野猫和半截筷子的故事》，此作的发表意味着王蒙公民权的部分恢复。

和半截筷子的故事》。主题当然是对"四人帮""篡党夺权"的批判。

多么难忘，多么可怜，又是多么如意！初夏，下着冷雨，芳从乌鲁木齐十四中的办公室跑到家属院，我正在包韭菜馅饺子，一屋子菜味儿，手上脸上都沾上了面粉，芳大呼小叫地走了回来，脸色都变了，嗓音也变了，她从来不曾这样：却原来是我的这篇小说发表出来了。不管怎么样地戴着镣铐，至少还有语言与文字的掂量与发挥，我读着时隔多年又在《人民文学》上亮相的王某人的文字，暖从心来，悲从心来，五内俱热：想不到王某人还能等到这一天！这是真实的吗？这就是王某的新作了吗？

人的一生需要两次

《队长、书记，野猫和半截筷子的故事》的发表意味着我的公民权的部分恢复。1977 年冬，在《人民文学》上读到了刘心武的《班主任》，它对于"文革"造成的心灵创伤的描写使我激动也使我迷惘，我的心脏加快了跳动的节奏，我的眼圈湿润了：难道小说当真又可以这样写了？

从电视屏幕上看到了白桦的紧跟形势的剧作，写革命历史，批极左。从一些文学刊物上，透露出了从维熙、邵燕祥的消息。

全——活——了！

我确实觉得自己已经活完了一辈子，从 1934 年到 1978 年，享年 44 岁。现在，1978 年开始，我正处于重生过程，我正在且喜且虑，且惊且赞，且悲且决绝地注视着四周。

我在 1978 年的清明节这一天（由于 1976 年的"四五"，清明节又有了新的意义），写了《最宝贵的》，我已经受到《班主任》的鼓舞，敢于写到滴血的心。

小说寄给了时在广东任《作品》杂志主编的老作家萧殷，萧老对此作不十分满意，他回信说到我搁笔太久了，尚需恢复一段。也是需要再加劲之意。我想他老不喜欢我的这种理性与直挺挺的抒情，这种大帽子阵势与直接政论。他在夏秋之际的《作品》上将此小说发为第二题。

令人鼓舞的是我收到了中国青年出版社第二（文艺）编辑室著名编辑黄伊的信，约我去北戴河团中央疗养所写作。

人的一生需要两次，第一次如诗如梦如火如喷泉如旋转起来了的万花筒，它注定会曲折会失败会垮台会碰壁破灭……第二次已经不那么激情那么洒满露珠那么七彩绚丽了，第二次的人生你会精明一点点，你会老练一点点，你会谨慎许多，只是你有时候会责备自己，怅然若有所失，你会回忆一些事情，暗自苦笑，终于……释然，有一点漠然。

突然享受了北戴河

1978 年 6 月上旬，已经干净利索地戒了烟的我坐了 3 天半硬席卧铺（能报销）火车到达北京。16 日一早，我们在北京站与中青社的同志会

1978 年在北戴河海滨。

合，登上了经天津到北戴河的列车。同行的有老作家管桦与他的一个助手小刘，有安徽的单超，辽宁的洪钧和来自河北的一个年轻人小耿。还有一位搞俄语翻译的说话声音洪亮的先生。此后，还有云南作家彭荆风、评论家唐弢、上海作家孙峻青与北京师范大学教授许嘉璐都作为中青社或中国少年儿童出版社的客人来到了这边。

我在这里改写新疆后期我所写的《这边风景》，上午与晚上写作，下午去海上游泳。每顿饭后坐在宽宽的阳台的破损的藤椅上，赤着上身，穿着裤衩，拍着肚腹，吹着清风，海阔天空地聊天。

写作当然是去北戴河的主要目的，但是写得糊里糊涂，放不开手脚，还要尽量往"三突出"、高大完美的英雄人物上靠。我想写的是农村一件粮食盗窃案，从中写到农村的阶级斗争，写到伊犁的风景，写到维吾尔的风情文化。但毕竟是先有死框框后努力定做打造，吃力不讨好，搞出来的是一大堆废品。

游泳的成绩就大了。我们选的是老虎石煤矿工人浴场。游水游得多了，一次看自己的皮肤，毛孔的纹络与鱼鳞无异，相信自己正在变成一条鱼。

身在渤海之滨，"火热"的生活仍然是纷至沓来。我收到了《上海文学》

编辑、工人作家费礼文的约稿信，收到了人民文学出版社老编辑王笠云的约稿信。

时值《上海文学》发表李子云以本刊评论员名义发表的文章，批评"文学从属于政治"的提法而大受关注。我给上海寄去了稿子，短篇小说《光明》，仍然有按政策——当然这个政策符合我的思想与情感——编情节的痕迹。

北戴河期间我也读了不少书，印象最深的是青季思（即成吉思，与成吉思汗同名）·艾特马托夫的中短篇小说集。他是苏联吉尔吉斯斯坦的著名作家，我很佩服他描写的细腻与情感的正面性质。我甚至此后有意对之仿效。被认为受过他的影响的我国作家颇多，包括张承志的《黑骏马》，张贤亮的《肖尔布拉克》，铁凝的某些短篇等。

此时正逢我的二儿子参加高考，他考入了位于陕西三原县的空军二炮学院。能入军校，似乎也非常光荣，说明了我家命运正在发生变化。他的哥哥早在春季，作为七七届毕业生，考入了新疆大学。

从6月16日游到7月，从7月游到8月31日。我在北戴河整整待了77天。到8月底，一逢阴天，颇有凉意，我知道，没有不散的筵席，在北戴河观海戏水，算是足足的了，该走啦。

生活里其实充满偶然与无序，回忆与思想却使它们变得有理有致。北戴河之夏，是一个过渡，是我的第一次生命与第二次生命之间的一次衔接，一次休息，一次转换，从此，大起大落的王蒙又忙活起来了您呐！

春风处处来

海边方数十日，世上已二十年。1978 年 9 月 1 日，我从北戴河回到北京，本计划探望一下亲属，立即回疆，早已想家了，谁知来到北京，已是八面来风，五方逢源，走不了啦。

人民文学杂志社。人民文学出版社与韦君宜。中青社。老朋友黄秋耘（正在编辑《辞源》）。老同事与老同学，老文友与老关系，都从四面八方找上门来了。

黄秋耘一见到我就讲起了邵荃麟的悲惨命运，"文革"一开始，他就被关进了"牛棚"，多少人睡一个大通铺，他一夜夜地无眠，干咳不住，死后连遗体都不知道哪里去了，生不见人兮，死不见尸。

我到《人民文学》杂志编辑部去了一趟，碰到老编辑徐以、涂光群、崔道怡、周明等人，与《队长、书记，野猫和半截筷子的故事》一稿的责编向前。抬头见喜，一是他们邀我参加众作者的华北油田之行，一个是要我做他们的特约记者出席采访第十次团代会。

我的记者任务带来的是报告文学《火之歌》，写南京的"四五"英雄李西宁。我写得很努力，也很拘谨。我还写了一篇散文《敬礼，合金钢》，称这些经历锻炼、富有正义感的青年为合金钢，此文发在一个青年杂志上，颇有反响。

在会上我见到了王照华同志，与他谈了我 1958 年的事情，这是根据韦君宜同志的意见办的。9月，我也见到了君宜，她要言不烦，第一，决定立即出我的《青春万岁》，只要稍稍改动一点易被认为感情不够健康的段落即可。第二，她认为时机已是适合，我应提出甄别50年代的"右派"问题与调回北京来了。

王蒙夫妇重访小绒线胡同27号，当年结婚的新房。

《人民文学》1978年12月刊登了王蒙的报告文学《火之歌》，歌颂了南京的"四五"英雄李西宁。

我参加了刘仁同志的追悼会，来的人比上级规定的人数多出了许多倍，提起刘仁，提起华北局城市工作部，来自地下党的同志无不心潮澎湃，而刘仁被"四人帮"迫害致死之惨状更是骇人听闻。

在我出发赴北戴河之前我从新疆给中央人民广播电台邵燕祥写了一信，差不多同时，他从北京给新疆文联写了一信找我，二信对发，也算友谊与缘分了。我从北戴河回京后到西便门广播局宿舍去看望了他。从他那里得知了林斤澜的地址，我很快看到了老林，不久出席了林的请客，不但看到了邓友梅、从维熙、刘绍棠、邵燕祥、刘真，还看到了浩然。当时广东的《作品》杂志发起了对于浩然的批评，人称《作品》发射了中程导弹。而在林斤澜这里，一片团结起来搞创作的皆大欢喜气氛。

1979 年 5 月人民文学出版社出版了王蒙被尘封 25 年的长篇小说《青春万岁》，此后各种版本一印再印，成为王蒙最长销的作品。

二十年后，又是一条好汉

1978 年秋，更重大的事件是党的十一届三中全会的举行。借着三中全会的东风，文学界毫不犹豫地进行了一系列平反。三中全会一闭幕，在新侨饭店，举行了大规模的座谈会，宣布为一大批曾被错误地批判否定过的所谓毒草作品平反，其中就有《组织部来了个年轻人》，我得到通知，去开会和讲话。我的发言低调，无非是说那篇作品并非敌对，不必那样上纲上线。别人讲了些什么我已完全忘记，但是许多多灾多难的作品，一股脑儿一家伙就解了禁了。

宣传的声势很大很大。据说第二天早晨中央人民广播电台的新闻和报纸摘要节目的头条，就是一批文艺作品平反的消息，而《人民日报》的头条标题中特别提到了《组织部来了个年轻人》的名字。

那时有那时的朝气、勇气、豪气、热气，主持这一工作的不过是文联与作协的筹备组，定了，就干，赶紧干，也就成了。

我没听到广播，但是芳远在乌鲁木齐，听到了，她激动地写信来，说是中央已经向全世界宣布了对于王蒙作品的平反。好像只剩下了我自己，似信非信，仍然有点二乎。看来世界上的事还真难讲，当年的批判斗争热火朝天，泰山压顶，雄辩滔滔，深文周纳，费了九牛二虎之力，硬是把好端端的作品打成反动宣传，把拥护新中国、期待新中国的作家打成敌对势力，搞得你鸡飞狗跳，失眠心悸，头晕脑胀，也还有人包括我本人在这事出有因、查无实据、雷电交加、匪夷所思的战斗中受到了鞭策、刺激、当头棒喝,受到了深刻的教育。突然,一下子全不算了,不费吹灰之力,不用讲什么大道理哪怕是小道理,所有的子弹炮火同伤痕遗迹,全部烟消云散。世界上的事怎么会这样虎头蛇尾,有头无尾,历史怎么会走得这样匆忙粗糙呢?

已是初冬,此会一过,我打道回乌鲁木齐去了。回到乌鲁木齐位于十四中学的自己的家,才感到了房间是那样狭小,照明是那样不足,红砖砌的地面缝子大、不平坦而且日久了变得黝黑。比较一下,北京诸亲友家的洋灰地是多么整洁呀。怎么了?我已经不那么安于满足现状了吗?人就是这样浅薄,这样轻浮,这样容易满足和不满足,这样容易恐惧也容易张狂的吗?不,我没有什么具体的想法,平反也好,回京也好,都还没有敲定。

岁末,我收到了寄来的一张《光明日报》,副刊上发表了我的《〈青春万岁〉后记》,这太出乎意料,我并没有将稿子给他们,是出版社拿过去的。时隔25年有余,叫做四分之一个世纪,我19岁时的处女作,终于在我45岁大龄的时候即将与读者见面了。我的生活即将发生地覆天翻的变化喽。

1979年1月,我收到了人民文学出版社召集"部分中长篇小说作者座谈会"的邀请,乘伊尔62飞机去的。住在友谊宾馆。

更重要的却是借此次进京,我完成了大事。经过一些手续,由当时的团北京市委给我下了"改正"通知,1958年的事不算了,右派分子的噩梦无疾而终。还给我向新疆自治区党委开出了党员组织关系介绍信,时在我离开北京到达新疆15年余之后,时在我入党30年之后。入党10年后被逐。再度过了20年后,回来了。似乎不可思议,反而低头无语。这可真是锻炼啊!

1979年6月12日,我与芳"举家"乘70次列车离开乌鲁木齐,大儿子王山还在新疆大学读书，不跟着我们。二儿子王石则在陕西三原读军校。女儿伊欢，1978 年底已经回到北京借读小学。

到站台上送我们的达 40 多人，车内车外，竟然哭成了一片。芳一直哭个不住。我永远爱新疆，想念新疆，我永远会怀着最美好的心情回忆我在新疆的经历。虽然也有苦涩，整体仍是阳光。

回想在新疆的 16 年，对我的一生极其重要。我初步摆脱了大城市学生娃的天真幼稚敏感书生气，我受到了边疆巍巍天山、茫茫戈壁、锦绣绿洲、缤纷村舍的洗礼，我更开阔也更坚强了。我受到了更加务实、更加

2011 年 3 月 24 日，《你好，新疆》座谈会在京举行，司马义·艾买提、阿不来提·阿不都热西提等领导出席座谈会。司马义·艾买提在序中写道："在新疆，各族人民喜欢读王蒙先生的作品，并把他看作是自己优秀的儿子。王蒙先生是新疆各民族人民忠诚的歌者。"
（彭世团摄）

2013 年 5 月 23 日在新疆伊犁巴彦岱镇参加"王蒙书屋"落成典礼，
和原二大队政治队长艾拜杜拉亲切交谈。　　（彭世团摄）

刻苦、更加坚忍，更加随遇而安的民风的熏陶，我当然已经实际多了，对咱们的国情知道得多上加多了。我受到了不同民族不同文化宗教的感悟，更懂得了求同好异、党同喜异的道理，更宽容也更理解与自身不那么完全一致的东西，懂得了不同的参考和比照、容受能力与理解能力对于一个人的重要。尤其是我学会了维吾尔语，我阅读了不少维吾尔文书籍，包括乌孜别克文（与维吾尔文接近）与译成上述文字的出自苏联中亚各共和国的与来自阿拉伯与波斯的书籍。我下功夫研习了西域的文史特别是伊斯兰教的中国化与新疆化。我研习了新疆的不同凡响的近现代史。我与新疆各族人民与知识分子建立了深厚的感情，我本人成了新疆的民族团结友谊的一个符号。我在此后日益复杂的考验与试练中，能起一点正面的作用，这是最初去新疆时始料而未及的。

有外国朋友问我，你在新疆一待就是 16 年，16 年你在那里做什么呢？我回答，我在修维吾尔学的博士后。预科 2 年，本科 5 年，实习 3 年，硕士研究生 2 年，博士研究生 2 年，博士后 2 年，共 16 年整。自 1979 年举家迁回北京以后，30 多年间我重访新疆 10 余次，重访伊犁 8 次，我的青春记忆，我的成长印记，我的阴郁时期的多彩生活情趣，我的"赤脚"治学的最宝贵段落，始终留在新疆，始终与我一起。2013 年，新疆维吾尔自治区人民政府聘我为政府文化顾问，证明我的维吾尔学的成绩是被认同的。

有朋友说，你去新疆为了享受生活吗？我回答，什么是享受生活呢？吃喝玩乐，声色犬马，颐指气使，前呼后拥，那不是享受生活，而只是浅薄愚蠢地消费、挥霍、糟蹋生命。真正的生活，挑战激发着勇气，苦难锻炼着意志品质，新鲜事物层出不穷，新鲜经验八面来风。享受离不开考验，享受离不开应对，享受离不开砥砺，享受离不开苦学苦练，咬紧牙关承当。越是年长，我越为我在新疆的经历，为我在新疆交出的答卷而骄傲。何况我在新疆完成了 70 万字的长篇小说《这边风景》，这部作品的意义，终将被认识。干脆点说，即使仅仅是为了写这部 70 万字的大书，我

2013 年 5 月 24 日在新疆伊犁察布查尔县文化广场应邀跳起新疆舞。 　　　　　　　（彭土团摄）

到新疆也是不虚此行。我没有为16年的虚度年华而悔恨，我没有为那16年的碌碌无为而羞耻。

2012年，一家香港的电视台对我进行采访，我说："新疆各族人民，对我恩重如山！"我热泪盈眶了，他们的电视台长，他们的工作人员，也都流下了眼泪。

难忘的东华门小住

1963年12月，我将妇携雏，变卖床具，抱着死马当活马医的心情与远游他乡的好奇心自娱心却也有冒险心不甘心离开北京。近16年以后，1979年6月14日，我与芳双双回京。我的接收单位是市文联，她则到了七十二中继续教她的高中物理。

各种外文版本的《蝴蝶》。该作品被认为是中国意识流小说的代表作。1982年由长春电影制片厂拍摄成电影《大地之子》。

没 有 房 子 住，

我的物品暂时存放于市文联库房。经文联领导关照，临时安排我住到市文化局北池子招待所。时于市文联负责日

2001年2月24日在家接待泰国公主诗琳通（左五）。

诗琳通公主是《蝴蝶》的泰文版译者，2008、2011、2012年三次造访王蒙家。

常工作的是朱璜与郑德山，他们都是我在团市委时的老同事，当然对我很关心帮助。

北池子招待所原是一个小小的剧团的排练场。我们住的6号房间约有10平方米，窗外是公共电视，每晚大家在此看电视，喧闹异常。门前则是公共盥洗室，水声嘹亮，香皂与牙膏气味芬芳。找我的电话不少，多是约稿的，经常会听到一位胖胖的和蔼

的女服务员用洪亮的声音喊叫："6号，电话！"

这个住所还是留下了许多记忆，许多温馨。我在这里写下了《布礼》《蝴蝶》《夜的眼》和一些评论。我在这里见到了到京组稿的陕西老作家贺鸿钧（作家李若冰的夫人）与董得理，他们担任着很有品位与影响的《延河》杂志的副主编。我在这里见到了黑龙江《北方文学》的资深编辑鲁秀珍女士。她有一种真诚和亲和力，她有好几次睡眼惺忪地被叫醒去接电话，被我看见。《光明日报》的银发老编辑黎丁与文艺评论版的史美圣也与我

英法两种文字版本的《布礼》。

见了面。碰到贺、董、鲁、黎、史等这样好的编辑，你不能不产生负（文）债感。

有许多老友到这里来看望了我们，包括作家张弦，老团干部范与中、程庆荪等。还有一些记者到这里来对我进行采访，包括《文艺报》的雷达，《光明日报》的王晨——后为人民日报社社长、国务院新闻办主任等。

这个招待所，位置恰在黄金宝地，我们常常晨昏时节从这里到故宫周

围的筒子河散步。垂柳，水光，晨星，夕阳，黄金般地流光溢彩的故宫角楼，令人快乐得流泪。

住房里有一张小小的书桌，我在这里一住下来就继续写上了《布礼》，此篇在新疆已经动笔。这里需要补叙一下，我在回疆办理调动期间还应我多次供过职的杂志《新疆文学》之邀写了风味独特的《买买提处长轶事》，副题是"维吾尔人的黑色幽默"。此外还写了《悠悠寸草心》与《友人和烟》。

《布礼》的影响不算小。巴黎人道报出版社出了它的法译本。80年代末，美国乔治·华盛顿大学出版了它的英译本，蓝温蒂译。小说是最初发表在才创刊不久的《当代》上的。

《蝴蝶》引发了更多的反响，评者极多。《蝴蝶》一发表就由外文出版社出了英译本，后来，又出版了日、德、越南等国文字的版本。

文坛一瞥话清明

我回到北京，成了北京市文联的"专业作家"。中国的"专业作家"与外文中的专业作家含义不同，恰恰相反，在外国，专业作家是指以写作为职业，靠版税生存的人，在中国，是指被"养起来"写作的人。

当时北京文联诸公对浩然的事意见不一。管桦，杨沫，都对浩印象很好，大多一般工作人员与司机也都喜欢浩。另外有几位老作家，对别人在

"文革"中挨整而浩一花独秀，尤其是浩当"文革"头目时的一次红卫兵批斗大会耿耿于怀。"归来"的我等（包括刘绍棠、邓友梅、从维熙以及后来的葛翠琳、呆向真等），都对浩然抱着善意。我等已经受够了，不想看另一个作家品尝被封杀冻结的滋味。

70 年代末，一到北京，我常常被邀请参加座谈会。在这些会上我结识了一批风华正茂、活力四射的人物，包括时在北京改本子的白桦，安徽的张锲，北京的李陀，因了话剧新作《丹心谱》而受到瞩目的作者苏叔阳等。刘心武有时也出席会议，正是当红时期。

主持会的不是冯牧就是陈荒煤，他们都是中青年作家的朋友与支持者，也是我个人感到亲近与敬重的老领导老作家。这期间我多次参加陈冯二位老师主持的中青年作家座谈会，这些会的主题是批判极左，我很喜欢。但会开得多了，我又品出点"路线交底"的味儿来。但我不想站队。我早在 1979 年就明确宣示过，我愿尊重每一位师长，但是绝对不投靠；我愿团结每一位同行，但是绝对不拉拢。我愿意把这些个想法提交给广大的读者，提交给历史。从个人经历来说，新时期以来，在我回忆的这个时期，我是有所不为，有所不取，有所选择的。

还有一件事我绝对不干。就是不与人搞口舌之争。至今如此，有误解，有歧义，有恶意，有胡说八道，我都是笑一笑。笑一笑是一宝，这是我的体会。我宁可再不写一个字，宁可转业卖糖葫芦，决不陷入文人相轻的下贱圈子中去。

提到这一个时间段，我也想到了《十月》杂志。当时《十月》的主编是苏予，这位大姐是地下党的老同志，解放前是燕京大学学生，解放后一直磕磕绊绊。她编杂志也仍然保持着团结起来到明天的真诚理想。我相信苏予是一个始终如一的革命理想主义者。

另一本难忘的刊物是南京的《青春》，主编也是一位大姐：斯群。从它创刊起，我在上面连载了创作谈《当你拿起笔》，据说颇有影响，后来专门出了小册子。

四次文代会

1979 年 10 月 30 日，四次全国文代会开幕。我看到那些老文艺家，坐着轮椅，扶着双拐，被人搀扶，口齿不清，惊魂乍定……都来了。老作家萧三、楼适夷等到了台上发言，说上一句"咱们又见面了……"，泣不成声……仿佛"文革"中整死的文艺家的冤魂也出现在主席台上啦。

大会上一些中青年作家激动兴奋，眉飞色舞。有几个人发言极为活跃尖锐，例如柯岩、白桦，还有刘宾雁的讲话，全场轰动。他们本来不在文联全委的候选名单上，但是由于言发得好，人气旺，被增补到名单上了。

小平同志代表中央致辞祝贺。人们对他讲的"文艺这种复杂的精神劳动，非常需要文艺家发挥个人的创造精神。写什么和怎样写，只能由文艺家在艺术实践中去探索和逐步求得解决。在这方面，不要横加干涉"欣喜若狂，掌声如雷。许多人记住的就是"不要横加干涉"六个字。

1979 年在四次文代会上。   （鲍乃镛摄）

　　但我的印象不尽相同。我是主席团成员，姓氏笔画又少，坐在主席台第一排，我近距离地感染到了也领会到了小平同志的庄严、正规、权威，他的决定一切指挥一切的神态、举止和语气。他是一个真正的指挥员，他牢牢地掌握着局势和权力，他的姿态和论断绝无令文人们想入非非之余地。

　　我希望保持适当的清醒，上海话叫做要拎得清，不可拎勿清。我的发言是低调的，我的讲话角度是极左的一套离间了作家与党。我必须在热烈的情绪下立于不败之地。

　　立刻有了反响，一些同行表示我讲的令他们不满足，听了不甚过瘾，我讲得太软,不痛快。从这个时候,我就常常受到善意的夹击了,一些人说,他太"左"了,他已经被招安,站到官方那边了。另一些人说,他其实右,而且更危险。

也可以说我成了一个桩子,力图越过的各面的人,简单而又片面的人都觉得我脱离了他们,妨碍了他们,变成了他们的前进脚步的羁绊,而且是维护了效劳了投奔了对方。有时候我会左右逢源,这是真的。更多时候我会遭到左右夹击,这尤其是真的。这样的桩子,客观上有点像个界牌了。

34 年已经过去了,回想起来除了大的社会变动的投影与有关政策的宣示以外,这样的盛大隆重的文代作代会竟然没有什么文艺的内容可资

1980 年在北京市文代会上,左起:从维熙、王蒙、邓友梅、刘绍棠。

记忆。

　　说来归齐，第四次文代会是一个标志，中国的文艺进入了新时期，声嘶力竭，雷霆万钧，一切达于极致的"文革"，终于离开了我们，这应了物极必反的老话。不论具体情节上有多少仓促和不足、肤浅和幼稚，第四次文代会仍然算是一个转折，它毕竟埋葬了"文化大革命"。

第五章　文学创作的"井喷"

1979—1986

那一段时光叫"井喷"

不论多么重要多么激情的大会，开完也就完了。紧接着对于我最重要的是分到了房子，地点就在前三门——崇文门、前门、宣武门一线。那时的前三门房子令人激动。

有一次在楼道里看到两位谈情说爱的青年，我很感动，它就是我的小说《风筝飘带》的由头。我感谢这篇小说，它使我永远不忘那段刚刚搬入23平方米卧房的新居的劫后余生。几十年后，我重读《风筝飘带》，仍然是一片欢欣，两行热泪。2005年，《北京文学》为自己的刊庆编辑小说集短篇便是以此作命名的。

四次文代会与三次作家代表大会后，我先是任《人民文学》杂志编委，后任作协书记处书记。文代会后一批"归来作家"被东北一些省请去与读者见面，讲话中被认为有走火之处，如对"西单民主墙"的说法问题。我专心于写作，辞谢了这一类邀请。听说有关麻烦后一直在想，怎么样才能保护得来不易的相对从来没有这样好的形势——创作环境？

1979 年迁入北京"前三门"新房。

我一时想不出什么好办法，因为作家们不甘寂寞。我开始意识到，潜心创作最好。

这段时间是我写小说的一个高潮。1979 年秋至 1980 年春，我写了《悠悠寸草心》《难忘难记》《表姐》《说客盈门》《海的梦》《风筝飘带》，还有第二个中篇《蝴蝶》。此外，我给《光明日报》《十月》等还写了一些长篇大论的评论。用那个时候的词儿，我的这种写作叫做"井喷"，压了 20 多年，终于喷涌而出啦。

新疆"文革"中有一个吓死人的"要案"，三位地委书记在一起悄悄地骂江青被举报，被当做"现行反革命分子"逮捕。其中一位死了，一位被批斗得精神错乱，另一位在"文革"后官复原职。老百姓对于官复原职后的他的架子与"待遇"有些说法。我受此启发写了《悠悠寸草心》，此

发表过王蒙作品的各种杂志。

《风筝飘带》发表于 1980 年 5 月《北京文艺》。

《这边风景》发表于 1978 年 7 月的《新疆文艺》。

《蝴蝶》发表于 1980 年 6 月《十月》。

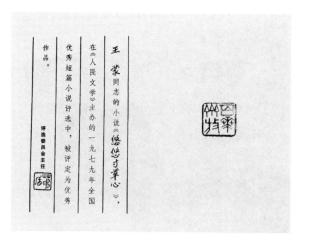

《悠悠寸草心》获 1979 年全国优秀短篇小说奖，图为获奖证书。

作被评选为 1979 年全国优秀短篇小说。

《说客盈门》的产生比较特殊。一次几个作者在一起闲聊，浩然说起，一个工厂厂长，因了处理一个工人的事前后被一百多人求情。我大叫："浩然，你写不写这个题材？你要是不写我可要写了。"浩然兄翻了翻眼，他完全想不到这样的窃窃私语也能产生小说题材，他捕捉的是新人新事好人好事。他摇头表示他写不了这个，我写了，而且刊登在 1980 年新年伊始的《人民日报》上，占了一个版。此后周扬同志多次对我说，"吕正操同志非常喜欢这篇小说。"

哈哈哈哈哈哈

喷涌的文思中出现了一篇小说叫《春之声》。小说的写法竟然引起了强烈反响。

文艺界酝酿着三个方面的争论。第一，是以刘宾雁与白桦、叶文福等为代表的再突破、再揭露、再尖锐趋向，这种趋向受到了高层方面的遏制，酝酿了《苦恋》风波。第二，是一批作家包括鄙人的艺术突破的尝

114

试，这酝酿了后来的"现代派"风波。第三，此时出现了以《文艺报》编辑部主任唐因先生对于"小"的批评，他指出，当代作品往写"小男小女小猫小狗小悲小喜小人小事""杯水风波"上走。

小说与大说的问题其实一直是一个相当纠缠不休的问题。中国的传统是诗与文章才是正统、高雅、言志、经国之盛事。而小说属于稗官野史，属于引车卖浆之流的细言。称之小说，以与大

1980 年在家写作。

言、宏文、谠论有所区别。但是近现代以来，出现了希望小说变成大说的期待。梁启超认为小说可以改变维新整个的国家与社会。而不论是批评《风筝飘带》的计永佑，批评小字号文学的唐因，批评中国作家不会用创作自由，竟然"用了"自由去写大海与爱情而没有写人民疾苦的刘宾雁，在轻小求大这一点上，在好大崇大急于大起来这一点上，他们三个人的意见是一类。

我的一系列实验小说：《布礼》《蝴蝶》《夜的眼》《海的梦》《风筝飘带》与《春之声》，实际影响不小。但包括我自己的关于"意识流"的谈论是

绝对皮相的与廉价的。我至今没有认真读过例如乔伊斯,例如福克纳,例如伍尔芙,例如任何意识流的理论与果实。

关键在于,第一,我注意写人的内心世界。而我们这里一直嘲笑所谓"心理描写"。第二,我的这些作品难以归纳到一个简单明了的主题与题材。第三,我的这个文体太自由随意,太散文化乃至诗化了。第四,不符合典型化的标准。第五,甚至在篇幅不大的一个短篇中,我也写着不止一条线,多线条与快节奏,这使一些人感觉受不了。

然而我始终不能忘情于这大约七八个月的井喷。《布礼》已经进入了情况,稍嫌生涩,不无夹生。《夜的眼》一出,我回来了,生活的撩拨回来了,艺术的感觉回来了,小说的触角回来了,

自从 1979 年搬进北京"前三门"50 多平米的新居,结束了住招待所的生活,王蒙心情大好,在 4 年间写下了《风筝飘带》《春之声》《海的梦》《说客盈门》等作品。

隐蔽的情绪波流(此语源于拙作《组织部来了个年轻人》)回来了。严文井老师来信说,他读了《海的梦》,很感动,他相信这是一篇比诗还诗意的小说。

我曾经说过,真实包括客观的真实与主观的真实,主观的真实就是真诚,你写得真诚,人们就会感动,哪怕情节是子虚乌有,所以《聊斋志异》与《西游记》十分动人,从来没有读者质疑它们的非真。

我的一位亲属叹道,王某的小说由于内容在 50 年代引发了争议,如今,由于形式,又要在 80 年代引起争议喽。

然而我毕竟写得这样多这样快。到处是王蒙的姓名,新作是在四面开花,八面来风,我的新作让一些评论家追都追不上。

我想起了 10 年后的一位领命批判《稀粥》的教授的反映:"王蒙不好批。"哈哈哈哈哈哈。

一个时期正在过去,新时期正在到来

1979 年年底,冯牧、袁鹰、我,还有白桦等,应西德驻华大使、作家魏克德的邀请,在德使馆晚餐。他是为该国著名文学评论家、波兰裔的莱尼斯基先生访华而设宴的。

1980 年 6 月初,作家团乘汉莎航空公司的 DC10 型巨型客机赴德。团长冯牧,团员有女诗人柯岩,东北老作家马加,我与译员王浣倩,另袁鹰与译员王小平以《人民日报》的身份同机赴德，活动大部分交叉，他另有一些与媒体交流的项目。白桦的出访受阻。短短一周，我们去了波恩、科隆、柏林、汉堡、海德堡与慕尼黑。

7月与从维熙、谌容、刘心武应邀访问了辽宁，回到北京，作协冯牧找我，说是要我去美国参加衣阿华大学的"国际写作计划"（IWP）。本来对方还提出了邀请刘宾雁，但刘去不成，由艾青夫妇与我结伴而行。具体安排，作协对外联络部会与我讨论。开始，外联部的负责人是翻译家、诗人、胖而潇洒的毕朔望。

1980年秋，王蒙（右一）和艾青（左二）被邀请去美国参加衣阿华大学"国际写作计划"。在聂华苓（右三）家与香港作家、《七十年代》杂志创办人李怡（右二），台湾诗人吴晟（左一）欢聚一堂。

IWP 的主持人时为聂华苓。聂华苓曾与她的先生、诗人保罗·安格尔同来大陆访问，受到作协与各有关方面的热烈欢迎。

聂华苓与先生保罗·安格尔来大陆访问，在都江堰游览期间，安格尔对这一世界上年代最久、唯一留存的无坝引水水利工程惊叹不已。

美国的枫叶

我才从德国回来两个月，又与刚刚过完 70 岁生日的艾青老人与高瑛夫人同赴美国。此后我去过美国多次，至今忘不了的是美国秋天的红叶。主要是枫，看来美洲的枫树又多又好，红得那样干净，红得那样多彩多姿，红得那样醉人。

回想加利福尼亚的红杉林是刘宜良先生，即江南陪我去看的，他是《蒋经国传》作者，可惜后来被台湾特工所刺杀。

美国老百姓活跃，开放，张扬个性，爱表现自己，你去讲演，他们都抢着表达看法，与你切磋碰撞。最难忘的是我在费城认识的李克（Adele Rickett）教授。他在解放前到了北平，在清华大学读书，解放后他继续就学，他接受了美国海军情报部门的任务，提供一些情报。抗美援朝开始后，他与妻子李又安以间谍罪被捕，分别判了刑。其后，经联合国秘书长哈马舍尔德的斡旋，在服刑若干时间后，中方将他们夫妇二人驱逐出境。

经过这样一个奇特的过程，这二人并没有忌恨新中国，恰恰相反，他们二人亲身经历了旧中国到新中国的演变，革命胜利的新气象，老区来的中国人民解放军与共产党的干部带来的新气象，二人成了新中国最真诚最热烈的拥护者、赞美者。后来我们与几个中国大陆留学生一起到李克教授的家里包饺子。李教授的妻子说，她是由于钦佩宋代中国女词人李易安（李清照）才称自己为又安的。

1980 年赴美期间和几个中国留学生一起在李克教授家中包饺子。

1998 年，我应康州三一学院之邀前去任高级学者（presidential fellow）一学期，时李又安已离开人间，李克与他的续弦夫人开了两天车从费城来到康州，我们一起到一家中餐馆吃饭。

在衣阿华我接触了许多可爱的人。同为参加"国际写作计划"的成员，有罗马尼亚作

协的副主席、罗共中央候补委员乔治·巴拉衣查，我们住在相邻的两个卧
室，但是共用一个厨房、一个饭厅与一个卫生间。一同在这里的还有台湾
诗人吴晟。

此年10月15日，是我46岁生日，当天晚上聂华苓神神秘秘地把我
拉到了英语补习老师尤安娜家里，他们为我举行了生日晚宴，唱了《祝你
生日快乐》，吃了蛋糕，送我一些生日礼品，保罗给我的是两条领带。这
是我最最愉快的生日记忆之一。

……如此这般，作为改革开放以来头一两批访美的书写者，我感到的

1980年11月于美国衣阿华。左一聂华苓丈夫、诗人保罗·安格尔，左二王蒙，左三翻译家冯
亦代，左五著名犹太女作家格蕾丝·佩雷。

1998 年王蒙应美国三一学院院长的邀请，出任该院高级学者。图为王蒙夫妇与院长夫妇。

是经验的满足与理论的褪色，是生活的开拓与豪情的失落，是新印象的云集与老传统的依然疙里疙瘩。

精神啊，你在哪里

1981 年年初，我们经香港转广州，乘火车回到北京。回京后文联还有东城区要我做个什么访美讲话。

紧接着就是春节，借用美国的party（派对，应该说就是聚会，而现在我们这里叫酒会或冷餐会）的形式接待来客。

令我高兴的还有喜讯，我的工资级别从行政 18 级提到 16 级，一下子提了 2 级。

1981 年这年春天还有一个小小的经历，浙江文艺出版社打算出版一个大型刊物《东方》，尚无自己的作者队伍，便打"西湖牌"，邀请一些当时比较看好的作者到西湖边上住宾馆，写文章，逛风景，赏名胜，供稿件。我知道的被邀者除我外还有刘心武与叶文玲。

去杭州前先到了南京，《钟山》的副主编徐兆淮带我们看了南京，也与张弦等在南京见了面。

我和芳这是第一次游江南。

此年的夏秋之际还是更晚，在北京开始了文艺界的旷日持久的学习讨论会。主持人是周

1981 年结束在美国活动后，经由香港回北京。图为在香港的留影。

扬。内容是上边的精神。总起来说有两类发言，两类发言其实互相对立，暗含着剑拔弩张。是的，这是在争一个主要矛盾的定义权，反倾向斗争的命名权，"精神"的表达权与解释权。

谢天谢地，20多年来，很少进行这种主要倾向何在的牛皮争论了，具体管理、个案处置、行政安排已经替代了在文艺界屡屡进行过的反倾向斗争。

周扬的风度依然，嗓音退化，底气不是那么足。他的精神感人，他的思路已显陈旧，他对自身的理论使命估计得高了一些，他的郑重、悲情、反思的责任心与勇气，感人泪下。

这也算一段有意思的日子，算改革开放的青春期。精神还在争论、酝酿。尚未完全成型的精神使我有所期待，但也感到了相当的不安。

《苦恋》事件

1981年的对于文艺问题的旷日持久的学习，没有产生任何效果。我从中学到了一招，学习可以是认真贯彻，也可以是先搁一搁、冷一冷。学习可以是谦虚逊顺的太极拳。终于，《苦恋》事件① 爆发，没有结论的学习被中央召集的正式的思想工作座谈会所取代。

---

① 1980年白桦和彭宁根据电影文学剧本《苦恋》改编成电影《太阳和人》送审后，1981年引起政治批判风波。

　　代表主管方面做报告的领导是胡乔木，他讲的话有几点给我很深的印象。一个是为工农兵服务的提法，已经由为人民服务的说法所取代，兹事体大，60 年代初《人民日报》社论《为最广大的人民服务》一直是"四人帮"定性的"反毛泽东思想"的一个事件，被"文革"清算不止。二是为政治服务的提法被为社会主义服务的提法所代替。至少是说起来宽泛了些。

　　胡还提出，不能老是没完没了地写"文革"、写伤痕了，否则等于人为地延长"文革"的影响。他的逻辑给人以比较与众不同的印象。

　　对于《在延安文艺座谈会上的讲话》，胡乔木提出，政治标准与艺术标准的两分，可以不这样提。这是迄今为止对于"讲话"的最大胆的修正，差不多是唯一的一次，胡的讲话被收到了《三中全会以来文件汇编》中，是正式的文件。为此，胡乔木遭到了攻击。

　　我对于批判《苦恋》也有抵触心理。阴差阳错，到了 1981 年，反倒没有什么有身份的人愿意批评一篇作品了，哪怕是纯学理性艺术性千真万确的争鸣性商榷性批评。

　　然而这种政治与文学的蜜月般的关系，带来了一些后续的问题。政治与文学是这样的如胶似漆，政治必然给文学以强烈的关注、影响与指挥——包括必要的整肃，文学可能因之限制了自己的灵动的想象力，自己的语言与结构，自己的价值特色。

　　此时至今，我还相信一个道理，对于执政党来说，对于一个社会来说，某一类文学作品起着一个安全阀门的作用。

　　其后的一切是各种合力相互作用的结果，是僵持也是平衡的结果。批

了白桦，讲了半天分寸，白桦作了不失尊严的检讨，黄钢主编的《时代
的报告》（曾发表了批白文章）的编辑部改变了组成人员，领导上一再
保证，不因为作品而整人（保证得我都觉得絮烦了）等等。大体上说，
时代不同了，中国的文艺生活中没有发生什么意外的或者是戏剧性的
大事。

吉凶祸福的测不准原理

1981 年夏末，我收到了胡乔木同志的信，他写了一首诗给我：

    故国八千里，风云三十年。

    庆君自由日，逢此艳阳天。

    走笔生奇气，溯流得古源。

    甘辛飞七彩，歌哭跳繁弦。

    往事垂殷鉴，劳人待醴泉。

    大观园更大，试为写新篇。

他喜欢读书谈书，说话慢条斯理，字斟句酌，记录下来更像是一篇文
章。他的样子儒雅可亲，虽然其时我已听说了他老的翻覆，与有时候批起
人来极严厉的另一面。

1982 年春，我应纽约圣约翰大学金介甫教授之邀前去参加当代中国
文学研讨会。会后由何南喜女士陪我们几个人各处走了走。何的父母是美

国共产党员，50 年代在美国待不下去，来到了中国，何在中国读了中学，她可以讲极流利的中文。

我们在纽约附近的维尼亚德岛与出生于中国的约翰·赫西见面并见到了著名左翼女剧作家、近 90 高龄的丽连·海尔曼。

联合国有一位华人雇员尹先生，他办了一本中文杂志《地平线》，报道了王某在此次研讨会上"舌战群儒"的场面。另一篇文字则说，此次王某的表现使他在海外的威信降到了最低点。

1982 年初夏，有友人告诉我，在今秋将召开的中共十二次代表大会上，我有可能成为中央委员的候选人。对此我深为震动不安。

这年夏天我与芳自费悄悄地走了一趟北戴河。每人花几十块钱，坐市政公交车，住进了北戴河外国专家局疗养所。

不是正式代表，但我还是作为列席人员出席了十二大。列席者不参与选举，但是投完票开票唱票时叫我们进了大会堂，我在二楼上看到了候补委员中有王蒙的名字。

我怀着忐忑不安的心情参加了十二届一中全会，主要任务是产生新的政治局、主席、副主席、书记处与中央军委。

人，机缘，历史一直在互相调适，一直会出现错位与误植，一直会出现你改变了我与我改变了你，你改变不了我与我改变不了你的情景。我称此为人生的"测不准原理"。

"现代派"风波

想不到的是，十二大后等着我的是关于"现代派"的风波。时在中国作协外联部充任法语译员的高行健先生写了一本书——《现代小说技巧初探》，其实是一部通俗的小册子，谈到所谓西方现代小说里时间空间的处理，人称的应用与转换，心理描写与意识流等。李陀、刘心武、冯骥才三人各写了一封给高行健的信发表在《上海文学》上，表达对此书的兴趣。我因上海的《小说界》催稿甚急，写了一篇小文，介绍并称许了高行健的书。

想不到的是这成了一件事，似乎是异己的现代派思潮向中国发起了袭击。胡乔木更看重的则是于甘肃出版的一本《现代文艺思潮》，尤其是该杂志上发表了东北诗人徐敬亚的一篇文章，《崛起的诗群》，被认为是颠覆性的。

《文艺报》的一批骨干，面对现代派之说如临大敌。

此次我国的"现代派"风波，带有给刚刚当选中央候补委员的我的一个下马威的色调。《文艺报》的资深副主编唐因等在一些场合还特别点出我的名字来。而另一位新归来的副主编唐达成在一些场合——有的我在场——大批现代派，语焉不详，含含糊糊，天知道他在讲什么。

好在胡乔木对我是既忠告又保护。他肯定："你走得不远"，我想他看重的是我的作品的政治倾向特别是少共情结。我的"此致布礼"大大帮助了我在猛批现代派的风浪中矗立不倒。

但乔公在1983年春节期间接待我畅谈，并亲自给中南海的车队打电话，要车去接我爱人到他家小坐，极大的友好情节一传出去，《文艺报》的某些人长叹一声，领导对王的态度不一般啊！便只好放过了王某。信不信由你。

这里边还有一个重要的因素，就是上海。四篇小文章都发表在上海。后来夏衍写了文章，巴金老也发表了看法，都不赞成那样如临大敌地批现代派。这使得一些不大不小的领导更加不安，似乎是上海在不听招呼，不服管。

这里最闹不明白的是冯牧同志，他是最最以爱护支持中青年作家自诩的，为什么一个现代派问题他激动成了那样，说的话那样带情绪，不惜与那么多人特别是上海的同志决裂……

《文艺报》的同志也不顺利，他们收获的不是他们所需要的果实。后来，张光年同志与作协班子决定，《文艺报》改成报纸形式；冯牧改去编《中国作家》杂志；副主编唐因到文学讲习所（后改名鲁迅文学院）主持工作；编辑部主任刘锡诚到民间文学研究会；理论组组长李基凯则不久到美国探亲，没有再回来。我私下认为，这是该时的《文艺报》向周扬叫板的结果。

对这一年的批现代派，各种说法都有，如广东作家们说此事是说戏内有戏，戏后有戏。叶君健先生则认为某些人意在否定中央对于王蒙的选拔。叶老是非党人士，是安徒生专家，安的童话全集的译者，对一些人事、政治问题竟也这样敏感。我则干脆装聋作哑，忙着写我的小说。在北京，除了胡乔木的保护以外，也还有张光年、夏衍等一大批人的善意，更不要说定居上海的巴金主席啦。

仅仅差一厘米，面貌全不一样

1983 年，主要按照张光年同志的意思，调我到中国作协工作，任《人民文学》杂志主编。我随着工作的变动，搬入虎坊桥作协盖的"高知楼"，四间，建筑面积约 120 平方米，为原来我住的前三门房子的两

1983 年搬入虎坊桥作协"高知楼"，家里第一次装了电话。

1983 年任《人民文学》杂志主编时赴延安组稿。

倍半。

《人民文学》在 50 年代，何等令人羡慕，都是全国最德高望重的作家担任它的主编。发表在上面的作品，有多少是脍炙人口，一鸣惊人的！我极力希望《人民文学》能够兼收并蓄，天地宽阔。我对审美和评价文学作品上的单打一现象实在没有办法，只好从我自己做起，从我的编辑工作做起，也从我个人的写作做起。虽然一个人的力量有限，我尽力多几套笔墨，多几套写法。

1983 年发生的一件事是父亲的去世。他是一个绝对热爱生活的人，也不是不知道如何享受生活，例如吃馆子，例如游泳，例如骑马和跳舞，但是他得到的却是荒谬和痛苦，他的两次婚姻都彻底地失败了。

在此后的十余年，我常常梦见他，总是在黑夜的一个胡同里，孤独地深一脚浅一脚地前行。就像是喝醉了一样。

在《人民文学》杂志社的工作还有几点值得回忆。其一是始终没有组到张洁、铁凝、王安忆、张抗抗等几位"当红"女作家的理想的稿子。令人遗憾。

或曰，那个时候，谁当主编也不会有什么大区别。我戏称我的特点是多了一厘米。我好像一个界标，这个界标还有点膨胀，多占了一点地方，站在左边的觉得我太右，站在右边的觉得我太左，站在后边的觉得我太超前，站在前沿的觉得我太滞后。

中央委员会

我自 1982 年秋在党的十二次代表大会上当选为中共中央候补委员，1985 年在两次党代会之间开过一次党的代表会议，此会上我当选为中央委员，1987 年秋，党的十三次代表大会上，我再次当选为中央委员。至 1992 年届满。前后参加中委活动十年。

每次会议都有一个主题，通过一个文件一个公报，至少是一个公报。会前，文件草稿会在不同的范围内征求意见。我的印象中，研究并决定过城市改革问题、整顿党的组织问题、精神文明建设问题、加强党与群众联系的问题,可能还有农村工作问题等。

每次会议上,我都看到许多领导人物、实权人物、知名人物、权威人物。例如中央领导邓小平、陈云、李先念、胡耀邦……各省的省委书记,各部部长,军队的三总部领导,海陆空三军司令、政委,少数民族领导,还有例如钱学森这样的大科学家,吴蔚然这样的医生,胡绳这样的理论家,吴祖强这样的作曲家,邢燕子、陈福汉("毛泽东号"机车司机)、郭凤莲这样的工农杰出人物,华国锋、汪东兴这样的有过不寻常的经历的人物。我一方面感到一些拘谨,另一方面又不能不心存惊叹,党可真有两下子,天南海北,党政军企,身经百战的虎将,运筹帷幄的官员,各有绝门的专家,各色头面人物,土的土,洋的洋,文的文,武的武,汉满蒙回藏苗瑶……堪称网罗殆尽,硬使几百万几千万各不相同的人物拧成一股绳,使成一股劲,团结起方方面面,管理住东西南北,步调基本一致,朝令大体夕改,说贯彻就贯彻,说制止就制止,说转弯就转弯,办成一件大事又一件大事,错误也没有少犯,犯完了改过来再干,仍然是说嘛算嘛,指东绝不打西……

清明的心弦

1983 年的中央全会上邓小平讲了不要搞精神污染的问题。时隔 30

2010 年 4 月 15 日，在台北出席"21 世纪世界华文文学高峰会议"期间与诺贝尔奖得主高行健交谈。

年，我现在写到这段历史，写到我在反精神污染时撰写的散文诗《清明的心弦》的时候仍然自问：什么叫清明？然而这个年头我其实完全没有弄清明，我不明不白了。天知道的所谓"现代派"也成了众矢之的。由于创作了一些新型剧本而初露头角的高行健因病情绪大受影响，他吸烟又多，怀疑自己染上了肺癌，几乎已经在做告别世界的准备，正是此时的出游散心，成就了他的《灵山》的写作。而《灵山》云云成全了他的诺贝尔奖。

也有特认真特严肃，我要说是比周扬更周扬的一些人，他们总算等到了发号施令的这一天。他们坚持一定要清除，一定要整顿，他们昼思夜想搞一次不叫整风的整风运动，审查一些人，批判一些人，叫做帮助一些人，挽救一些人，使一些人匍匐在地，哇哇哇地怪哭。

我的这位好领导要开会，要贯彻，要纠正他们心目中的歪风邪气，要使文艺界的头面人物，领导人物，权威人物，老资格人物，小而闹的人物们心悦诚服。这使硬是不想被摆平的作协冯牧同志气得不轻也吓得不轻。

……会议开幕时领导兄正颜厉色，会议结束时主持人却只剩下了额头上出汗了。而且讲的是另外的调子，什么团结鼓劲繁荣，而且是大团结，大鼓劲，大繁荣，这也更像是革命战争中的口号。开始像是要讨账，会开着开着变成了作揖了。这是怎么回事？当然，是受到了干预，这该多么尴尬，多么难过！他也太为难了。

这期间出现了一件事更令人啼笑皆非，说是《文艺报》上登了张贤亮一篇文字，他提出要在中国建设有中国特色的社会主义，必须先建设有中国特色的资本主义。这个事可闹大了，公然提倡资本主义？这儿报，那儿批（至今此事被回忆，被点名，被举例……），《文艺报》，作协党组算是捅了大娄子，被动到没法再被动了。

这时我想起的是胡绳同志。他有一次与我聊天，问起张贤亮来，对张的著作表示了兴趣。我乃与胡绳同志讲了《文艺报》与作协面临的问题，讲了张的言论，并提出一个建议：由《文艺报》派一个资深记者来访谈胡院长（时为中国社会科学院院长），这个建议胡老同意了。这样胡老从理论和历史的高度讲了中国为什么一定要走社会主义道路的道理，心平气和，引经据典，条分缕析。我觉得此事处理得还差强人意。

这一段时间文艺界确是常常被内部通报。新的领导方法并不是放任自流，自由世界，而是改理论思想的纠偏为力图严密的管理，不争论，不炒作，不咋呼，不动声色，堪说是不吭气地管住管严，天下太平，令"有害信息"无法出笼，一出笼也先挨上一棒子，再一棒子；个案处理，不搞左右之类的概括，以行政性具体措施性管理取代意识形态的唇枪舌剑，对待创作者尤其是名人放宽尺寸，团结帮助，以礼相待，而对于发行者经营者编辑者各级各单位大小领导干部严格约束，以行政性奖惩取代理论观点性激战，主要是运用行政权力而不是话语权威来管……这些，都是后话，而此时已露端倪。

难忘的 1984

1984 年我受到了许多考验。经历清污、清明，经历错综复杂。1983 年冬更加痛苦的事是孩子的病。老二王石从三原的空军二炮学院毕业，在 1983 年秋分配到了空军第五研究所，这当然是很好的工作。谁也不知道怎么回事，他犯了抑郁症。没有比心理方面、精神方面的疾患更让人痛苦的了。

我没有办法，我束手无策。我只能一次又一次地去医院，排队、挂号、找大夫，我倾听分析，我查询药物。我心惊肉跳，必须防止意外。我反省是不是自己在他的童年时代没有能尽心尽力地照顾好他的生长发育。我想知道他的这二十几年都经历了哪些压抑，哪些刺激，哪些折磨，而我又到底能做些什么解除他的痛苦……

《活动变人形》的各种版本。

谢天谢地，他渐渐好转了。1984年，我带他到武汉走了一次。由于时任中宣部长的王任重同志的关心，我住在武汉东湖宾馆。我每天在东湖旁边的林荫道散步，突然一个想法进入我的脑海，我应该以我童年时代的经验为基础写一部长篇小说。感谢时代，我终于从"文革"结束、世道大变的激动中渐渐冷静了下来。我不能老是靠历史大兴奋度日。当兴奋渐渐褪色的时候，真正的刻骨铭心才会开始显现出来：这就是《活动变人形》的酝酿与诞生。而还在最最初步的酝酿中的这部小说的第一个场面，便是小说中人物静珍的梳妆。

一面是照顾儿子的病，一面是开始写《活动变人形》。1984年是难忘的。

6月，我率领中国电影代表团访问苏联，参加了塔什干电影节活动，访问了塔什干、撒马尔汗、第比利斯、莫斯科等地。同行的还有上海的导演黄蜀芹与电影发行公司一位通俄语的王同志。事后我写了许多散文、报告，狠狠地感慨了一番。

回国后没有休息就立即去上海参加《上海文学》的一个发奖活动，也是为李子云同志捧场。我很累，参加完颁奖活动还要到东海舰队参观访问，我们坐夜船到了宁波。一夜涛声，一夜马达，一夜无眠。

到了8月下旬，我应邀到烟台参加人民文学出版社的作者集会。第一

1984年6月在苏联与电影《青春万岁》导演黄蜀芹（左二），汉学家托洛普采夫（后）及其妻子尼娜（右二）在一起。

1984年6月，率领中国电影代表团访问苏联，参加塔什干电影节。

在塔什干电影节上与《白轮船》导演谢米什耶夫·巴洛德（左一）在一起。

1984 年在莫斯科地铁上与知名的老汉学家艾德林在一起。

次到烟台,很惬意。我带了爱人和女儿、石儿,他们的开销由我自理。

烟台活动后我去了青岛,也是第一次到青岛。感谢当时青岛文联的负责人姜树茂先生,他陪我们在烈日照耀下爬了一天崂山。

1984 年初冬,我应沧州的《无名文学》主编李子(李树栋)与沧州专员郑熙亭的邀请,到沧州讲了一次《中国文学的济世传统》,这个内容的选择,与我的头衔有关,这是不能掉以轻心的。

晚间,我翻阅沧州与南皮的县志,在《南皮县志》的大学生名录中,找到了父亲与伯父的姓名。

沧州之行大大帮助了我完成《活动变人形》的写作。

1984 年,中华人民共和国成立 35 周年,我第一次登上了天安门观礼台,看邓小平同志的阅兵,听他的讲话,夜间又在这里看焰火。北大学生

1984 年，中华人民共和国成立 35 周年，在天安门广场的阅兵典礼上，北京大学学生自发打出标语"小平您好"。

自发打出来的标语"小平您好"，令人落泪，多么久了，已经没有这种真诚的声音了。

有过这么一次作代会

1984 年年底到 1985 年年初，开了一个跨年度的（第四次）作家代表大会，会上，我当选为中国作协常务副主席。说来话长，居然在新中国的历史上有过这么一次作家代表大会，有说是闹翻了天的，有说是多么好多么民主的，有的赞扬，有的愤恨。

……让我先从曾任《文艺报》主编、《人民文学》主编、作协党组书记的张光年老师说起。他是 1913 年生人，比我大 21 岁。当然，早在地下时期，在北京顺城街北大四院礼堂，激昂慷慨地欣赏《黄河大合唱》的时候，我已知道了光未然（张光年笔名）的名字。

　　而自 1983 年我到中国作协工作，一直在他的领导之下。我感觉到他是一个十分重视参与和掌握领导权的干部，但诗人的激情并未泯灭。他不拒绝妥协与平衡，但是他自己的选择鲜明坚定，他不怕得罪他的对立面。他的名言是：一个人活一辈子，连个人都没有得罪过，太窝囊啦。

1985 年 3 月，作协新一届党组成立，王蒙任副书记，图为王蒙代表巴金主持作协主席团会议。

除张光年外，我也时而与中宣部贺敬之副部长有很好的交流，他对待领导工作十分认真，十分动情，十分较劲，他经常与我讲到文艺界特别是作协的一些不良风气和言论等，他叹息自身的人微言轻。我则是笑眯眯地且听且淡化柔化之。

包括我本人，对于提出精神污染问题，感到或有的压力与惶惑，对于后来说不提了，则舒服得很，奔走相告，抚额相庆。提与不提，都是上头说的，背后有什么玄机，没有几个文艺家明晰。四次作代会就是在这种减压添彩的兴奋中，开动了的。

开幕式上，宣读各领导人贺词贺信的时候，胡乔木的声音受到冷落，周扬的名字轰动全场。有人发起了致周扬的慰问信，会场上悬挂着这样的大信，许多人去签名。我没有签。

会议的主题是创作自由，但创作自由不是喊出来的，它是一个逐步实践、落实与拓展的过程。然而同行诸兄诸公是没有人注意什么"充分珍惜与正确运用这样一个来之不易的创作自由"的。认为文人同行能"充分珍惜与正确运用"的人，如果不是白痴，就是婴儿。

四次作代会的结果是好几个重要的作家诗人落选。其中最引人注目的有丁玲、刘白羽、贺敬之、曹禺等，他们都是作协副主席的候选人，而且名字都印到了选票上，本应无疑问地选上的。曹禺的落选主要是因为他已经当选为剧协主席了。而其他几个人的落选就与舆论、与各种窃窃私语有关。

反响之激烈可以想象。我还幻想做一些善后工作，委托一些人去看望落选的作家，打电话给一些人邀请他们参与作协的某些工作，例如评选茅盾文学奖的工作，都遭碰壁，无效果。

有一位领导很生动地形容这种文艺头面人物的内斗：从上海"左联"时期就斗，到了延安，斗得更厉害了。抗战胜利，解放战争胜利，建立新中国，仍然继续斗。直到"文革"，全完蛋了，消停了些。"文革"一结束，又斗起来……最后两边的人都逝世了，一看，两边的悼词，并无不同，都是优秀的文艺战士，都是杰出贡献，都是巨大损失，谁也没比谁谁多斗出个一两一钱来……

我只能是王蒙

四次作代会上巴金得票最多，其次是张光年与刘宾雁得票数相同，由于电脑的排名（笔画数相同时看是何种笔画在先），刘算是第二位。再往后是我还是陆文夫，记不清了。反正我与文夫相差票数很少。《人民日报》公布了各人的票数，事态更加刺激。

各种说法沸沸扬扬。张光年还是硬气的，他若无其事，静观其变。胡乔木给了我一篇文稿，要求《文艺报》以社论形式发表，论述创作自由的非绝对性，目的是为了纠作协"四大"的偏。

我拿着它找了张光年、唐达成等人研究，经过修改，磨得光润了些，以《文艺报》"本报评论员"名义发表了。胡乔木表示对文章的修改很"佩服"，下令许多杂志转载。

作协在1985年开过一次理事会，我便在会上讲，文学的超前性与歧义性有可能引起社会的不安，对此要有充分的估计与正确的应对。我们的创作自由当然是宪法原则下的自由，是符合四项基本原则的自由。我们要的是维护而不是毁坏改革开放的大局。

1985 年除了带领一个庞大的作家访问团"大规模"访德，编刊物，为四次作代会料理善后（粗俗的说法就是"擦屁股"，我们有多少事是拉屎的时候相当痛快，拉完屎却怎么擦也擦不干净啊，而且，人家有时候是不让擦的，人家在等着你的腹泻，看你的急腹症呢！）以外，就是《活动变人形》的写作了。

门头沟区永定乡岢罗村西山窝中有一个西峰寺，我找到这里，住在庙宇正殿边缘角落的一间小土屋，开始了一个多星期的孤独写作生活。

我开始了写作的疯狂期。从早到晚，手指上磨起了厚厚的茧子，腰酸背痛，一天写到一万五千字，写得比抄录得还快，因为抄录要不断地看原稿，而写作是念念有词，心急火燎，欲哭欲诉，顿足长叹，比爆炸还爆炸，比喷薄还喷薄。我头晕眼花。我声泪俱下。我的喜怒哀乐，我的联想想象一秒钟八千万转。我是作者，我更像演员，我在嘀嘀咕咕，我在拿腔拿势，我在钻入角色，我在体验疯狂。我从来没有写作得这样辛苦，这样痛苦！

有了这一小小的却是拼老命完成的一段作基础，我对于小说的把握便渐渐地产生了。我可以在这一段狂写的基础上修改订正，删节补充，生发渲染，书就是这样写出来的。

到了夏季，我又去了半个月大连。我住在沈阳部队的"八七疗养院"，为《活动变人形》定稿。

《活动变人形》是我最有影响的作品之一。它先后翻译成意大利文（康薇玛译）、俄文（华克生译）、日文（林芳译）、英文、韩文、德文（用名《难得糊涂》）。它入选了 20 世纪我国的代表作品，入选了中国文库。它在苏联一次就印了 10 万册，抢售一空。由于当时中国未加入国际版权公约，我的版税为 0。

　　我真实地投入到文学里了。我真实地真诚地当了 10 年中央委员。我仍然新作不断。我同样努力地而不是敷衍地，真诚地而不是虚伪地做着给我分配的工作，任何事情，任何场合，我希望我要求自己起的是好作用，健康的作用，团结的作用。

　　所以我不是索尔仁尼琴，我不是米兰·昆德拉，我不是法捷耶夫也不是西蒙诺夫……我只是，只能是，只配是，只够得上是王蒙。

第六章　在文化部做事

1986—1989

王蒙当文化部长也算改革一景

这时，却出现了要我担任文化部长的事。最早在 1986 年年初，一次有外国记者参加的场合，一位美国记者问我："你要担任文化部长吗？"我回答说："It will be terrible!"（那就太可怕了！）她对我的幽默竟然无反应，不知是由于我的英语太差还是由于别的。

我连连活动起来，不是为了跑官而是为了辞谢。我找了胡乔木、胡启立，我通过张光年给乔石（时任国务院副总理）带了话，请不要考虑我。

于是其时协助负责人事组织方面的工作的中央领导习仲勋同志找我谈了话，他讲得很确定，要求我服从，并且说，如果我仍然不接受，还有政治局常委和总书记要找我谈话。我谈了我的想

任文化部长期间。

1986—1989 年任文化部长期间，在子民堂办公。

文化部长工作证。

法，仲勋同志说，你还可以写作，不需要你抓得过分具体，你可以多依靠旁的副部长嘛，反过来，你担任部长也有有利于你的写作的条件嘛。

最后与仲勋同志谈话的结果是我只干三年，三年中请中央物色更合适的人选。

1986 年 4 月初，我开始以党组书记的身份主持文化部的工作，至 6 月，经过全国人大常委会的通过程序，我正式就任文化部长。

我提出维护改革开放以来的大局，维护文化工作的已经明确的方针政策，维护文化事业的长期稳定的发展。发生了什么事情，是什么问题就解决什么问题，不要因为个别事件而动辄调整政策提法，只有这样才能保持政策的稳定性，保持事业的稳定性。

我至今觉得讲得还算得体，也很关键，也很实在，我还要说，有些领导看了有关材料，予以首肯。后来的实践证明，这样做比动辄变口号变政策好。

上任伊始，参加过一次出头露面的活动，是纪念外文版《中国文学》的一个会议吧，那时外文出版局是由文化部管的。我应邀上台讲话的时候掌声热烈，我立即说："上台的时候不要鼓掌。我希望的是下台的时候能有一点点掌声……"

王某担任文化部长也确是中华改革一景，过了这个村，没有这个店。

5 月初，我应邀去烟台参加作协的儿童文学会议，初尝走到哪里都得到部长式的尊敬与完善接待的滋味。住在靠海的迎宾馆中，在非游泳非旅游季节看到了略显寂寞空旷的静悄悄的大海，我有些震动，因为过去一直是看游泳旺季，人头攒动的海。我写了一首诗《畅游》。这是我最"牛"

的一首诗，我自己至今为之感动。

畅　游

畅游过你的忧伤豪迈

去年夏日的阔海

令我思绪徘徊

在陆地与大洋的分界处

我们不期而遇

驾一叶扁舟颠簸在你心里

溅几滴咸苦的飞泪

像郑和和哥伦布

终其一生亲近你

注视你围绕你吟咏你

又怎解得开你的风采

你只是你

你只是海

你的解释你的微笑你的

无言，都是典型的海的

没有增加没有减少

无力无形一切承载

你记得一切还是

忘却，你的温柔

把胆小的人惊吓

那样激越

无论太阳生出你怎样的辉煌

月光生出你怎样的怜爱

风怎样抚摸你激怒你

震摇你

你只是你

你只是海

幽深处一样的从容自在

无始无终如童年的梦

永远的淡泊天真

漫不经心

至尊至爱

永远滔滔

永远讳莫如深

如成人的皱纹

如少年的心事

点点滴滴

无涯无竭

涌去又涌来

到底有多深啊

到底有没有底

心儿能达到的

生命达不到么

到平添几件

为你的赞叹——悲哀

诗人

观望你的碧波白帆吧

猜一猜下一个时辰你的

气象，突然的与平静的

这也就行了

（1986 年 5 月）

我怎么个当部长法

"文革"开始后，文化部作为砸烂单位取消了，原办公楼给了别的部门，"文革"后，文化部与《红旗》杂志社共用一个沙滩办公楼。

我上任时，那时的文化部临时用着沙滩灰楼的西面部分。过了大半年，又搬到了子民堂，在后院，是很高大的中式房间，中间一个大客厅多用于外事活动。当年，周扬任中宣部副部长时曾住在子民堂，1957 年年初，他"接见"我时，就是在现在用来会见外国客人的大会客室。子民堂与我有这么大缘分，30 年后我在这里办上公了。

此时出了一个不算太大的问题。一位记者写了内参，说到电影的评奖中，尤其说到了评得比较专门、比较细的"金鸡奖"的繁复情状。一位领导同志看了内参后批道，怎么这个奖搞得这样光怪陆离（大意）？恰恰此时，刚刚评出了的最佳故事片，是根据贾平凹的小说《鸡窝洼人家》改编的《远山》。其时文化部已经不管电影了，但是有的领导特别让我去看片子，并强调说王是内行。

稍稍再沉了沉，这也是毛主席教的招数，叫做冷处理。然后我起草了一个书面意见，大意是，影片《远山》的主题是积极的，是歌颂农村的改革开放的。第二是，原著已经得到了好评，作者也是很有成绩的作家。第三，改编成电影后，换老婆的情节显得突出了些，可能放映后有各种说法和反映。然后我发挥说，评奖并不意味着评出的作品完美无缺，评奖云云，可交由评委会正常操作，评出奖来，应该由社会各方面特别是广大观众评论其得失成败，因此还要"奖评"，即各方人士可以评论评奖，对于获奖作品可以也须要说长道短，百家争鸣，指出不足，以利改进。领导同志圈阅，此事乃告解决。

我在与万里同志（时任国务院副总理）一次接触中，听到他讲，舞厅的开设，夜晚娱乐场所的开设是人民的需要。我乃起意要开放营业性舞厅。摸摸底，说是有关部门主要担心开放舞厅后会有流氓地痞前来捣乱，核心问题还是怕影响风化。我乃说，那就太好了，各地舞厅应该欢迎执法部门派员前来监督视察，可以穿制服来维持治安，也可以穿便衣前来调研，可以长期蹲点蹲坑（后者是行话，专指缉拿犯罪分子的暗语）。我还说，原来社会上有些流氓无赖，不知会出没在什么处所，使执法部门难

1988 年与万里同志交谈。

于防范。现在可好了，如果他们有进入舞厅捣乱的习惯，那不正好乘机守候，发现不法行为便依法予以痛击吗？我的雄辩使此事顺利通过，从此神州大地上开舞厅才成了合法。

有一件事我做得非常不成功。部内有一些元老、大家、权威，我很尊敬他们，常常与他们座谈，听取意见等。而每次开会，他们都大骂通俗的、消费性的文艺文娱活动。我不能不表态，否则等于组织老权威否定当今的文艺生活与文艺发展。我一表态就会与老人家们发生摩擦，也果然发生了摩擦。我毫无办法。

我的特点之一是，注意自己应该做什么，更注意自己做不成什么，尤其是根本不可能改变什么。

受尊敬，说话管用。我很不喜欢"调演"这个词，文艺不是物资，不是部队，不宜于用调拨之类的指令性字眼。过去，这样想了说了，和没想没说一样，现在，一说，立即改过，变成文化部邀请进京演出了。

1988 年，高行健受到德国一个官方文化组织 DAAD（德意志学术交流中心）的邀请，邀请他以画家身份访德 6 个月或更长一段时间。其奥妙在于，DAAD 已经以作家身份邀请过高先生访德一次了，而该组织规定，一个人只能被邀请一次，故此次的活动以画家的身份相邀。高行健怎么成了画家？负责审批此事的文化部外联局的同志，拿不定主意。我乃说，德国人承认他是画家，并承担一切费用，我们何必管那么多？我的一句话，高行健就走了，从此没有回来。

1986 年 8 月，我首次到了西藏，参加雪顿（戏剧）节。我写了一首长诗《西藏的遐思》，我歌唱了西藏的自然与宗教、风习，我表达了对于

1986 年参加西藏雪顿（戏剧）节期间，在拉萨寺庙内参观。后写长诗《西藏的遐思》，获意大利蒙德罗国际文学奖。

雪域高原的人们的质朴与天真的怜爱，我呼唤了理解与和睦，我表达了对于自然与人的无限伸延与变化的可能性的相信，我期待着更永恒与阔大的境界。李一氓同志写了诗评，刊登在《人民日报》上。此诗译成了意大利语，并成为我获得蒙德罗文学奖的由头之一。

我有机会在拉萨近距离接触到歌唱家才旦卓玛，她的《唱支山歌给党听》与《北京有个金太阳》催人泪下。对于这样一个农奴出身的歌唱家，我确实有深情焉。得知她的住房还很困难，我与西藏自治区当时的书记伍精华同志认真谈了谈，我特别向伍书记介绍了周总理生前对才旦的关心。

　　1986 年 6 月，代表文化部宴请来访的著名意大利男高音歌唱家帕瓦罗蒂（中），左为文化部副部长刘德有。

　　1988 年 1 月，在中国美术馆会见联邦德国经济发展委员会主席汉斯·施奈德夫妇。

后来，在该区换届时，才旦被选为区政协副主席，副省级待遇，各种生活问题迎刃而解。

文化部属下有一个艺术研究院，原有的领导班子年龄偏大，我采纳党委书记、很重规矩的老同志苏一平的建议将李希凡与冯其庸请来主持院务工作。他们的年龄使他们在各自的原单位（李是人民日报社，冯是人民大学）已经面临退休了。李希凡虽然50年代曾经批判过我，我是绝对不会因个人恩怨而影响用人的。我最讨厌的就是搞小圈子，拉拉扯扯，同样讨厌的是搞对立面，钩心斗角，这样的事对于我来说实是奇耻大辱。后来证明，李是一个认真正派的人。

帕瓦罗蒂的来访，是先我之到文化部就安排好了的，我不能贪天之功为己有，但是，我

1987年在意大利接受蒙德罗国际文学奖，右为意大利文化部部长。

高度重视这次访问演出。我在人民大会堂欢迎帕瓦罗蒂的宴会上讲话提出，真正的艺术是超出国界的，帕瓦罗蒂属于意大利，属于拿波里，同时也属于人类，属于中国。帕的压轴演出在人民大会堂举行那一天的演出各方面重要人士出席得极多，做到了辉煌鼎盛。

帕的前来演出的后续效应应该说是普拉西多·多明哥的前来。为此，我与西班牙驻华大使进行了特别顺利的协商。

从到文化部第一天开始，我就提出了对于文化艺术工作的国家褒奖体系的建设问题，可惜没有来得及做成，好在，党的十七大报告中，已经提出了这样一个任务。

风雨 1987

1986 年冬，几个大城市发生学潮。1987 年 1 月，胡耀邦同志辞去了总书记的职务。为此，一些意识形态部门的工作人员与头头都很震动。1987 年年初，对我个人也传出了说法，要换掉王蒙了，云云。

有一个情况鼓励了我，据说有人将我的两篇文章送到了最高领导人那里，一篇是发表在《读书》上的谈马克思主义的，题名为《理论、生活与学科研究问题札记》，一篇是发表在《红旗》杂志上谈"双百"方针的。我相信上送的人不像是为了传扬王某，倒更像是送上去找"问题"的。最高领导人看了，说是写的"是好的"。这是由 1987 年年初时任中顾委委员负责分管文化部工作的邓力群同志正经传达给我的。

1987 年初夏,《人民日报》上刊登我请文化部党组秘书徐世平同志代为执笔的关于艺术节的文章,文章指出,文艺的繁荣需要正确的方向,而方向的正确也离不开文艺的繁荣,没有正确方向的繁荣不是我们需要的繁荣,而没有文艺的繁荣,正确方向也不过是一句空话。我抓到了某些人的弱点:他们会扣大帽子,但是推动不了文艺生产力的发展,不具备发展文

1987 年在英国访问时,和冀朝铸大使(右)、英国艺术大臣卢斯合影。

1987 年参加首届中国艺术节，在新疆分会场。

艺创作的驱动程序。你抓批判，我抓繁荣，你重在斗争，我重在建设。你越批越寂寞了，我这儿的繁荣却是渐渐红火起来。

此后，我们通过中国画研究院邓琳同志的帮助，请邓小平同志为艺术节题写了节名，更是获得了中央领导的大力支持。我已经化险为夷了。

是年秋，召开了党的十三大。因为斯时西藏的形势颇受瞩目，我乃安排西藏歌舞团进京给代表演出。来京后，文化部、国家民委联合宴请西藏众艺术家，西藏党委书记伍精华同志也在座。我讲了话，请时任国家民委主任的司马义·艾买提同志讲话。他说他没有准备，没有讲稿的话怕是用汉语讲不好，我乃怂恿他用维吾尔语讲，我当翻译。他说不好意思。我说我想过翻译的瘾。他开始讲了，我熟练流畅地进行翻译，还时不时用维语与司马义主任交谈说笑。伍精华大惊，喊道："哎呀，新疆可占了便宜啦，下次王蒙再'犯错误'，我要向中央报告，把他派到西藏去！"大家都笑了。

除中国艺术节的举办外，立了成例、立了规矩的还有一件事，就是从 1988 年元宵节开始的节日晚上中央领导同志与文艺家联欢，共吃元宵。为此，我提出了策划，专门向中央领导同志汇报了一次，得到批准。我虽离开了文化部一线岗位，人去政存，而不是人走政息，这两项活动延续至今，在可预见的将来，仍将延续下去。后一项活动此后逐渐扩大了参加人员范围，包括了科学、教育、理论、新闻、出版、文物等方面的知名人士，成了一个体现与增强中央和知识界联系的盛事。

1989 之春

早在 1989 年春天，我已经在一些主流媒体上看到近代史专家的文章，说是 20 世纪开始的时候，中国与日本的发展情况和改革决心差不多，欧洲普遍更看好中国，中国的变革中起主导作用的是激进主义，最后在实现现代化上反而落到日本后面。

文化部研究室的工作人员赵士林博士，1989 年春提出：当时对于中国文化与改革的讨论，存在着"重情轻理，重破轻立，重用轻体"的缺陷。我觉得他讲得非常好。

　　我知道《河殇》（中央电视台 1988 年播出的纪录片，在当时产生了很大的影响）立论基础的不牢固与简单片面。《河殇》中也弥漫着某种弥赛亚情结。它的对于改革开放的高歌猛叹，它的书生论政的豪情，它的实际上的爱国主义、速成主义、根本扭转主义、从此康庄大道上阔步前进主义也曾令我感动。感动但是不放心，觉着它玄、悬、炫。关于它的争论，使我难受。

　　此后已经有过数量不少的对于那个时期的西方影响——例如全盘西化

任文化部长期间摄于子民堂前。

论，例如引进总理说，例如请来殖民以救中华说——与自由主义的批评。还有各种防范与猛烈反弹。然而，如果说彼时仅仅是自由化，成不了那么大气候。这里同样有的是几个方面的激进主义包括极左与极右。

新中国成立以来，我们进行了多少砸烂旧世界的教育，如何颠覆反动政权斗争的教育：罢工罢课，绝食静坐，游行示威，建立根据地，打游击，乡村包围城市，造反有理，星星之火可以燎原，监狱里的绝唱，刑场上的婚礼，偌大华北容不下一张平静的书桌……所有这些都是我们的长项，是我们自己教出来的。年轻人学了这些会到台湾去斗争吗？会到日本还是美国？他们就地消化，就地实验，就地与衮衮诸公干上了。

1989 年春天我曾经与我的一个孩子长谈了 7 个小时，那一年她处于激动状态，她正上大学。我用汽车送她到了学校，我离开校门口 200 米等候于路边的草地旁，怕停在校门口令人生疑。一个多小时后，她出来了，她已经说服了全班，第二天不参与任何过分的不适宜的街头活动。

1989 年 5 月，在一个特别的背景下，我访问了法国、埃及、约旦，并于归途在曼谷作短暂停留。

我参加了是届戛纳电影节的开幕式，我在那里碰到了中国的老朋友荷兰最著名的纪录片导演伊文斯。

巴黎的先贤祠令人赞叹。卢梭、伏尔泰、笛卡尔、左拉、雨果、柏辽兹、居里夫人、马尔罗……这样的阵容不能不让人脱帽致敬，向法兰西民族、文化与历史致敬，也向它的今天致敬。

中途访意，本来有一个节目是接受意方一个著名电视节目主持人的采访，因为此次书市上，将会展出我的小说《活动变人形》的意译本。但是由于情况的发展，该主持人最想采访的话题已经不是王某人的小说，而是中国的政治局势，我只好取消这次采访，我不想轻谈妄论。

事非经过不知"乐儿"

经过了 1989 年的春夏，9 月初我从烟台养病归来，正好赶上参加周扬的葬礼，并在葬礼上碰到外籍华人作家韩素音女士。韩素音赶紧拉上我照相，因为她来前受到英国友好人士的嘱托，须要带回证明王某无恙的材料。

同时新华社报道，李鹏总理在人大常委会上提出，为了尊重本人早已提出的专心从事文学创作与文艺评论（这是我 1988 年给中央的信件的原文，我所以一个说文学，一个说文艺，因为我的评论涉及的领域会比创作更广）的意愿，免去王蒙的文化部长职务。

从 1986 年 4 月初，到 1989 年 9 月初，我担任文化部主要领导三年零五个月。我得到了领导的关心与部里的工作人员的支持。我深蒙厚爱、错爱，我力所能及地做了一些工作，努力起一些健康的作用。

1989 年秋，来访的日中文化交流协会代表团郑重要求与我见面，我与团伊玖磨（日本三大作曲家之一）等是在作协（当时还是沙滩的一个防震棚）会议室会见的。

带领演出团体来访的朝鲜文化艺术部一位副部长，提出与我见面，并

1986年10月率团访问朝鲜，右二为戏曲表演艺术家李维康。

　　1989年元宵节联欢会与时任文化部副部长、诗人高占祥（右二），戏曲表演艺术家李维康（右三）、袁世海（右五）等人受到李鹏总理接见。

带来了张澈部长（朝鲜政务院副总理兼文化艺术部部长）特致的问候。在观看朝鲜艺术团演出时我与许多领导见了面。习仲勋同志特别说："你是如愿以偿了！"

　　1990 年初冬，上海文艺出版社在淀山湖召集长篇小说创作座谈会，在那种情势下率先抓文学的"生产"，其功不可没。我看到了鲁彦周、竹林、王安忆、冯苓植、温小钰、汪浙成等，我与陆文夫同住一室。高高兴兴地当我的作家，感觉好极了。此次会议上，我已经开始构思，写一部一

小说集《坚硬的稀粥》的各种版本。

个人的中华人民共和国编年史。陆文夫早就对我说过，他底下要写的内容就是"六十年"与"一个人"。这，就是此后季节系列的由来，也是自传三部曲的由来。

90 年代初，《光明日报》发表了那位有志赶车的严昭柱同志的文章，指出王蒙的《文学三元》（我说到了文学是一种社会现象、文化现象、生命现象）一文表现了对于马克思主义的背离与动摇。帽子还要多要重，够呛。这篇文章发表后不久，中央在元宵节召开文艺工作座谈会，包括夏衍、张光年、刘白羽、管桦与我等应邀参加并作了有准备的发言。各种传媒报道了此事。他的文章提醒领导必须要开这么个会，中央永远是正确的，中央认为，文艺界仍然要团结，要大圈子而不是小圈子，要繁荣兴旺而不是一片肃杀。

然后是为《坚硬的稀粥》而掀起的风波，也是由同根生的兄弟掌握，由赶上车的小友机密操办发起的。人称"一碗稀粥掀巨浪，数茎咸菜变阶梯"。最后上面指示，停止公开争论。

喜对天下，处处可喜。悲对天下，无事不悲。善对天下，多有善意。仇对天下，四面皆仇。笑对天下，这事怎么到头来都成了"乐儿"啦。

第七章 评"红"谈"李"写"季节"

还是练点活儿吧

1989 至 1990 年，我要做的不是研究考证《红楼梦》的学问，我缺乏这方面的学问，一般读者也不是为了学问而读"红"。我要做的是一种与书本的互相发现互相证明互相补充互相延伸与解析。

1990 年搞共产党员的重新登记，我不大可能在此期间继续写作。我不想完全停止业务，停止"练活"。我想到的可行的事务是翻译。我翻译了我喜爱的美国作家约翰·契佛的两篇小说，《自我矫治》与《恋歌》。

搞完党员登记之后，我们与评论家何镇邦等众文友一起去了伊克昭盟首府东胜。又由东胜陶瓷厂的朋友陪同去了陕北的神木、榆林等地。

回京不久，我又收到新疆方面的邀请，走了一趟新疆。到了伊犁二中，到了住过的新华东路，伊犁电视台拍摄了我回伊犁的专题节目，全片用的背景音乐是伊犁的代表歌曲《羊羔一样的黑眼睛》，纠缠延伸，呕心沥血，呼天喊地，唯情唯真。我自己看得落泪不已。

走了一趟南疆。文化厅的刘家琪处长全程陪同。吐鲁番地委书记罗远富同志路边迎接，赏饭，送行。晚上到达库尔勒，次日乘船游览博斯腾

1990年与崔瑞芳到帕米尔高原，住帕米尔宾馆。

湖，为那里的芦苇面积的缩减而忧心。在阿克苏我们观看了苏巴什（水源之意）的古迹。在克孜尔千佛洞，我们欣赏了敦煌之外的又一批佛教壁画。

这次难得的是去了我从观看影片《冰山上的来客》时便向往已久的塔什库尔干塔吉克自治县，位置是在帕米尔高原上。我们访问了塔吉克牧民的帐篷，吃起他们做的酥油米饭，由于颜色发绿，有人面露难色，我大口吞咽，甘之若饴，同行的县干部极其称赞我。

我们还到了红其拉甫中巴（基斯坦）边防站，海拔5000多米，高于西藏拉萨。我给边防站工作人员题了许多字，还把路上得到的礼品哈密瓜送给巴方值勤人员，大家都很高兴。

从帕米尔高原下来，到了喀什以后，才感到了平原上呼吸的轻松便利。

　　在喀什噶尔，我与众多的老友新友文友见面。我用维吾尔语讲话谈心。一位听者问，你离开新疆已经 10 多年了，你的维吾尔语没有忘记吗？

　　我说，在北京，确实感觉到自己的维吾尔语没有过去流利了。然而，一到新疆，一到乌鲁木齐的二道桥子，胜利路邮局，看到那些卖无花果干、葡萄干、薄皮包子与馕饼的老乡，"哗"的一下子，我又稀里哗啦（维语叫做"sharshur"，是形容流水的象声词）说开了。

　　是一阵笑声。我不知道这是一种语言心理学还是语言地理学。

1990 年走访南疆和维吾尔族朋友在一起。

《时间是多重的吗?》发表于 1989 年 12 月《读书》。

我接着用标准维吾尔式的说法解释道,有一种东西,是左耳朵进右耳朵出,还有一种东西,听进去,融进了血液,再也忘不掉了。我的维吾尔语,是第二种情况。

到了 1991 年春天,细雨蒙蒙之中,乍暖还寒时候,我的精神一下子全都集中到李商隐身上了。消极情绪的审美化与少害无害化,是我在李义山诗歌讨论上提出的一个论点。我还提出了"无端"说。唐诗特别是李诗研究专家刘学锴教授在他的《李商隐诗歌接受史》一书中指出:"王蒙的'无端'说,显示了在更高的层面上兼容众说的趋势。"德高望重而又平易亲和的张中行老师著文说,王蒙以小说见长,而评《锦瑟》,属于反串,他反串得不差。

1992 年秋,我应邀到广西桂林附近的平乐县参加第一届李商隐研究会。李曾在这里短期做官。我被推选为李商隐研究会的名誉会长。

自得其乐

我不再担任文化部长后,有那么两三年到三四年,处境微微有些不顺。有一种其实谈不上认真的低级别低层次的半明半暗的封冻小小动作，用当年说法叫做打入冷宫的小小意图。可惜的是这样的部署并没有得到认可。

我更愿意回忆的是 90 年代初期某种特殊情况下八面来风的美好故事。我想提到三联书店与《读书》杂志。早在 1988 年底，编辑吴彬（她是吴祖光、吴祖强的外甥女）就约我次年在该刊开辟一个专栏。我笑说："承蒙不弃……"吴彬大笑，说："我们不弃，我们不弃……"于是前后数年，我写了 67 篇置于"欲读书结"栏目下的文字。这些文字的影响甚至一度超过了小说。

1990 年深秋，我应湖南文艺出版社几位土家族朋友之邀，与王安忆一起游了一回湘西凤凰、吉首，直到张家界。同行的有后来担任此出版社社长的颜家文，小说家蔡测海，还有电视台一位先生带着一条大狗。我们在凤凰参观沈从文故居与黄永玉的足迹。我们在"不二门"泡温泉澡。

90 年代初那几年，我对《红楼梦》的闲谈与爱好受到了红学界的善待。包括李希凡、冯其庸等在内的中国艺术研究

《〈红楼梦〉二题》发表于 1990年 1 月《钟山》。

《伟大的混沌——与新闻学院学生谈〈红楼梦〉》发表于 1991 年 4 月《钟山》。

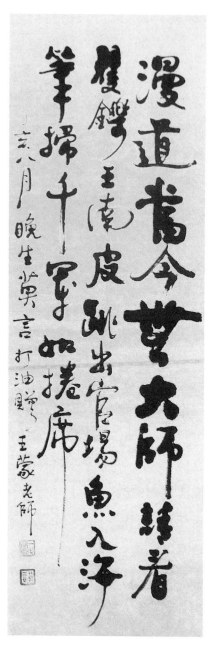

2008年1月，莫言赠诗：漫道当今无大师，请看夒铄王南皮，跳出官场鱼入海，笔扫千军如卷席。

院红学研究所与《红楼梦学刊》向我约稿，邀我参加他们的活动。我参加过在辽阳、哈尔滨、北京、北戴河等地召开的红学年会，我也有机会结识了海峡两岸的许多红学家。

1991年春，烟花三月，应江苏同行们的邀请，在江苏老作家陆文夫、艾煊、海笑等的关心下，由赵本夫、刘坪、俞胶东等文友陪同，我与妻子一起访问了南京、扬州、镇江。

1991年夏，我先在北戴河的环境干部培训中心休息游泳，后到辽阳参加红学会议，看到了那里曹氏先人的遗碑。又游了一回千山。在沈阳也与一些文友会面。

1991年秋，我收到新加坡作协负责人王润华教授的邀请，要我去参加在新举行的国际作家周活动，同行的有陆文夫偕夫人管毓柔，另外有年轻的美女作家黄蓓佳。文化部外联局以积极的态度办理此事，虽然拖了几天，使我未能赶上作家周的开幕，但我还是赶到了。许多有关领导同志包括吴学谦、李铁映等关心并支持了我参加此项活动。我也感谢其时主持文化部工作的贺敬之代部长，此次，他未提出异议。

1991 年的新加坡之行，大体顺利，它的意义是开始了我在离开文化部部长岗位后的极其大量的面向世界的文化传播、文化交流、人文游学讲学之旅。好事情、好日子就是这样开始的。

果然，1992 年我又收到了澳大利亚昆士兰州布里斯班市瓦拉那节组委会的邀请，去参加该市的瓦节庆祝活动。瓦拉那是澳洲土著语言，意为春天，瓦拉那节就是春节。与我同行的有著名翻译家杨宪益夫妇。

10 月，我全程列席了党的十四大，从此我的中央委员身份结束。

冲浪 1993

1993 年我得到了几个邀请。香港岭南学院现代文学研究所梁锡华（又名梁佳萝）教授邀请我去作一个月的研究交流。美国哈佛大学燕京学院院长韩南教授邀我做特邀学者，到那里做三个月的研究工作。在意大利举行的关于公民社会与公共空间的研讨会，是由美国赖斯大学本杰明·李教授组织的，邀我参加。新加坡文化部艺术委员会邀我做他们举办的金点文学奖华文小说组的主审评委。马来西亚《星洲日报》邀请我去马访问，台湾《联合报》邀我参加他们主办的"两岸三地"中国文学四十年研讨会。

1993 年与崔瑞芳在马来西亚。

马来西亚之行，王蒙夫妇游历了槟榔屿、马六甲、新山。

1993 年便成了我的游学之年、旅行之年、环球之年、周游列国列区之年。而且所有这些活动都与我的妻子芳一起。这一年是首次，芳与我同时出境游。时芳已经 60 岁整，我们一起去了新疆，一起去了伊犁，一起去了巴彦岱人民公社，现在我们终于可以一起走出国门，看看世界是怎么样的奇妙了。

直到上了飞机，开了飞机，升空飞行数分钟，我和芳才互相祝贺，此前我们不敢太高兴

1993 年 3 月王蒙夫妇应《星洲日报》的邀请前往马来西亚访问，抵达吉隆坡机场时受到热烈欢迎。

了，怕是临时有变。

访问与评奖活动是很正规的，在宣告评奖结果的会议上，要求每一个评委用英语讲 5 分钟话，我也比较自然地完成了这个任务。

我的访问马来西亚与先父的友人、德国汉学家傅吾康教授有很大关系。他在汉堡大学退休后，尤其是冬季，常常住在吉隆坡的一所大学里，老年的他受不了汉堡的冬天。傅的女儿在北京听说了我的访新，便告诉了爸爸，傅教授推动了《星洲日报》的邀请。

我们是晚间到达吉隆坡的，报社同仁打着横幅在机场欢迎我们，总编辑刘鉴铨先生与副刊《花踪》的主编萧依钊女士安排着与照顾着我们的访问。我在那里做了一个讲座，我国驻马大使与夫人以及许多使馆官员都参加听讲了。

我们一起去了槟榔屿、马六甲与新山。

从马来西亚回国后，我应邀先到珠海斗门县白藤湖度假村稍事逗留，

八十自述

同行的还有从维熙夫妇、钱钢夫妇，还有一位老编辑夫妇。

从珠海直飞烟台，我与芳到中国文联文艺之家休息并写作《恋爱的季节》去了。

8 月 22 日我应美国一所大学与洛克菲勒基金会的邀请到意大利参加一个研讨会，接着是作为特约学者，应哈佛大学燕京学院的邀请到哈佛作三个月的研究访问讲学。

这三个月，我主要是写季节系列第二部《失态的季节》。我在哈佛远东与太平洋研究中心——又称费正清中心作过两次讲演，介绍当代中国文学。我参加过一次中文课，因为该堂课是讲我的《夜的眼》。

我到衣阿华大学、耶鲁大学、加利福尼亚大学洛杉矶分校、马里兰大学、乔治·华盛顿大学、亚洲协会(在华盛顿特区)、华美协进社(在纽约)等地发表了讲演。衣阿华大学亚太研究中心聘我担任他们的顾问，当时中心主任是韩裔的金再温教授，我们交谈得很开心。

不能够留下空白

我一直觉得自己有一个使命，把我亲见亲闻亲历的新中国史记录下来，把我这一代新中国建立时期的青年人尤其是青年知识分子与青年革命家们的心路历程表现出来。

我想写的是季节系列。春夏秋冬，天道有常，这命名的本身已经包含

1991 年，在孑民堂用电脑写作长篇小说《恋爱的季节》。这是王蒙购置的第一台 286 电脑，还配置了针式打印机。

了一种理性的从容与客观了。

　　写作《恋爱的季节》过程中还有一件事发生，在小说写了四分之一后，我购置了第一台电脑，286，针式打印机。我先用拼音法输入汉字一年，次年，即 1992 年秋，我从头学五笔字型。三天后，基本学会了。

　　我选择了书写季节系列这样一个硬碰硬的活计，可能我所完成的活儿并不理想，可能我几面都不讨好，不讨愤青儿的好，不讨嘛行子年代的好，不讨"左爷"与事儿妈的好，不讨记忆恐惧症的好，也不讨市场经济的好。

　　然而，如果没有我的书写，这里将留下空白。

咱有这样好的师长与朋友

1991 年，有一次我去看望初到中央乐团担任指挥的陈佐湟。此前他在美国印第安纳大学获得了音乐博士学位，那时学音乐的人有博士学位的很少。我喜欢他的交响乐，更欣赏他的教养和风度。

在陈家，听说张抗抗住在此小区，并听说她的爱人小吕风波中出了一点麻烦，身陷囹圄（后来没有事了）。我乃决意去做一回不速之客，看望一番。张抗抗未在家，我给她留了个条子。此后，我们与抗抗的交往多了起来。

我与芳，有时候还有张抗抗搭伴多次去过宗璞那边。那时，冯友兰老先生还健在，九十高龄，忙于哲学史的写作。用刘心武的话：是真名士自风流。宗璞没有高级职称，没有一官半职，没有级别待遇，但是她受到同行与青年们的尊重。

除了宗璞，我们与李国文、谌容、张洁等家也有许多交往。1991 年春天一起去了一次大连开发区，感受改革开放的大好形势。

我还与林斤澜、童庆炳、韩静霆、何镇邦等文学人一起应一个公关协会的邀请去了一次牡丹江，我们在镜泊湖游泳，享受黑龙江的夏天。我也非常感谢那些对我表达了关心和友谊的温暖的艺术家，例如郑振瑶，例如李谷一，例如王景愚，例如一些音乐家和画家。1992 年"两会"期间，魏明伦带着黄梅戏著名表演艺术家、美丽的马兰来我家看望。

1988 年 2 月在广州迎宾馆，与夏衍在一起过春节。

我有了更多的时间和机会与一些师长、老同志接触，头一个是夏衍。我在这段期间访问夏公的频率极高，但每次很少超过 1 小时，一般就是一节课 45 分钟，各自谈一些彼此关心的政治的与文艺的信息，略略交流一下想法，说一两句笑话，谈谈养猫与世界杯足球赛，再见。

再一位老同志是曾任新四军秘书长、中联部部长、中顾委常委的李一氓。他原是创造社的成员，也是文人。据说一位极高级领导曾经说他，如果能彻底消除自己身上的文人气，他本来可以担当更高的重任。

光年仍然是我拜访最多的一位老前辈。心事浩茫连广宇，我对这些老人的所思所感所苦，都极其感动。

这段时间，由于张洁的关系，我有机会与曾任机械部副部长的孙友渔同志有所交往。他是"一二·九"时期涌现的革命家。他有一个主张，对我启发很大。什么事做得成做不成，都要做一下，申报一下或者建议一下，做不成也要留下一个记录，要立此存照。

当然，讲到师长，我还应该讲到巴金、冰心、周巍峙、王昆等，由于在过去的文字中写过较多，这里才没有多写。

1994 年与巴金在一起。

当然，我也不会忘记文化部的一些中层基层干部，还有工人，他们的友善，他们的正直，他们的干净与真诚，使我永远难忘。尤其是原艺术局长方杰同志，他是老革命，他纯洁无私，他宁愿先期被炒了鱿鱼，也绝对不说违心的话，不做违心的事。他是诗人张志民的老战友，是抗日战争时期参加革命的八路军，他是真正的"八路"。

1994 年与冰心在一起。

2001 年，王蒙夫妇与周巍峙（右一）、王昆（左一）夫妇合影。

我去台湾

　　还是我在哈佛燕京学院作研究的时候，接到加州大学郑树森（William Tay）教授的电话，说是希望我能够参加是年年底在台北举办的活动，《联合报》做东，包括大陆、香港与台湾的作家参加，叫做"两岸三地"中国文学四十年研讨会。我问台湾当局会同意我入境吗？郑教授说，不妨试试。

1993 年 12 月 20 日在台湾。

等台湾当局的公文下来，离开会已经只有 6 天了，由于我事先已向文化部转国台办报告了此事，大陆方面用了 5 天时间办完有关手续。当然，对此，有关领导也很重视，不但有最高领导人的批准，而且有所有高级领导人的圈阅。

参加这次研讨的大陆方面有北京的刘恒，上海有李子云、吴亮、程德培，本来还邀请了浙江的李庆西，但是李所属单位就是不让去。是官就有权，有权就管事，中央再说开放也没有用。另外有一些滞留境外彼时基本未归的文人，包括刘再复、李陀、苏炜、高行健、黄子平等，也在以大陆方面的作家的身份与会。来自香港的则有黄继持、小斯等，台湾本地的人就多了。

与大陆作家谈港台文学相比，台湾作家谈大陆文学显然更关注、更挂牵，也更痛惜和激烈，可说是炮声隆隆。最后一个晚宴的讲演者是我。我的讲话的题目是《清风·净土·喜悦》。我一上来就定下了一个从容的与乐观的调子。我来台湾是为了以文会友，为了享受宝岛风光，为了共同缔造更美好的中华文学。我不可能跑到台湾来搞"以阶级斗争为纲"，一个真正的有信心的作家，也不可能为自己的地域、集团、派别而争执什么。我坦然承认有过"疑无路"的试练，然而我强调的是"又一村"的光明。

我力求登高望远，心平气和，用理性、和谐与文明，去战胜乖戾的炮声隆隆。我强调我是过来人，我懂得轰来轰去把自己的心灵轰成一片焦土的悲哀。我的话有几十年的国家的与个人的经历做依据，我的话是有力量的，我其实嘲笑了那些极端的搞语言轰炸语言暴力的人，不管这样的人在哪里。

我要说的是，在场的我的老同学、在台南任教的著名戏剧家马森先生，听到这里流出了眼泪。

　　我讲完话，马森噙着泪来与我交流。李子云过来说，她从来不当面奉承谁的，但是这次她要与我握一握手。《联合文学》发行人，《联合报》创办人王惕吾的儿媳，此报现董事长王必成的妻子，"美女作家"张宝琴给我写了一个便条，称我是"海峡两岸第一人"。我当然不认为这是我个人的成绩，而是历史，是与时俱进的调整，是总体的和平、和谐、亲和的调

《联合报》招待王蒙（左四）去了太鲁阁横贯公路，还到花莲证严法师所在庵寺，听众比丘尼的晚祷。此行，王蒙还与台湾诗人余光中、郑愁予见了面。

子，使我们能够在台湾登上以善制怒、以和代狭的道德制高点。

同时，回到北京，我又遇到了同样的手法，同样的恶意，他们努力一次又一次从境外的报刊上寻找片言只语，证明我的台湾之行如何之糟糕。这些自己办不成一件事写不成一样作品说不出一句像样的动人的话，却又如此痛恨一切建设性的努力与尝试、生生要你也做不成事的人们啊。

我仍然太幼稚了

1994 年，我的快乐已经堪称圆满，写作、出访、会客、游泳，讨论问题，关心社会，自由而又充实。乐极生悲，此话端的是真理。稍一不慎，就出了小小麻烦。

这年我到承德出席一个由百花文艺出版社主办 CS 有关散文创作的座谈会。会议中间，上海《文学报》的一位记者闲聊中问我，对于现行的由作协"养作家"（这个"养"字是从他嘴里说出来的）的体制有些什么看法。我说，这种体制是有一些流弊的。首先是生活与创作的关系，生活是主体，在先，然后是创作；但是对于我们的"专业作家"来说，似乎写作才是主体，生活实践反而成为第二位的事情了。当然，国家是有任务也有可能来支持作家的创造性劳动的。我于是提了七点建议。

《文学报》的记者简要报道了我的对于专业作家体制的说法，却没有详报我的替代主张。这回可糟了，似乎是老王把全国的作家同行全卖了！

先是上海的陈村老贤弟说话了，什么？王蒙不让养作家了？王某要端我们的饭碗？你前一段不是蔫了一阵子了吗？现在又活动了您啊。一活动就先害我们啊。

另一位北京的老贤兄，老朋友，好朋友则严正指出，文明的国家都是（？）养作家的，不养作家是不文明的。

还有另一位老贤弟，认定这么伟大的国家，当然要养一些"北门学士"之类的御用文人啦。

次年即 1995 年还有一件事值得写在这里。我应华美协进社与一所大学之邀，在访问加拿大后与芳一起顺访美国。这个协进社（China Institute）在当初是胡适创办的，主要成员是美国主流社会人员。我在那里介绍中国文学近况，哥伦比亚大学的王德威教授充当我的翻译，流畅无比，有时我们俩用中英文互相开开玩笑，如同对口相声一般，效果极佳。讲话极其成功。

也是这次，美国笔会的能干的女秘书专门找我提问，今年的诺贝尔文学奖发给北岛，中国政府会是什么态度？我答："现在谈中国政府的态度为时太早。而且，我也无权代表中国政府发言。"她是多么失望啊！

如此这般，到了 2007 年，出来一个郭敬明加入作协的问题。其实我只知道小郭写过编过许多种受少年读者欢迎的书，此外一无所知。著名出版工作者金丽红同志问我可不可充当小郭的介绍人，另一个介绍人是陈晓明教授，我未加思索就同意在他的申请表上签了名。我相信我是在做一件有利于小郭、更是帮助作协的大好事。我本来以为它不会成为事件，不会成为道德义愤的口水表演场。我仍然是多么幼稚，多么好说话，多么脱离实际啊！

我的不识相

邓小平 1992 年的南方谈话，使我得到了一大启发，极左是没有出路的，极左的文化专制主义，以"文革"为代表的文化路线政策是没有出路的，极左与极右是互为依据的，极右同样是只能头破血流，祸国殃民。从一些人编辑出版《反"左"备忘录》受挫这件事上，我认识到，对"左"不要搞什么大批特批，大批特批的方法与举措本身就是极左的产物。

我的体会，极左只能消解，而不要搞什么大批极左。生活是消解极左的，市场是消解极左的，经济运转本身就是消解极左的，执政党的地位是消解极左的，小说诗歌散文影片电视剧相声大鼓都是消解极左的……同时克服与消解极右。

基于这样的思路，我就不能接受一些精英人物，特别是上海的文友所谓"人文精神失落"的提出。

这回我一下子得罪了一大批人，

小说《棋乡轶闻》获 1994 年"上海文学奖"。

恰恰是我最看好、最欣赏、最喜爱的一批创作人与评论人。

直到 1994 年 11 月 12 日，我到了上海领奖与参加"面向新世纪的文学"的座谈会，我竟然对自己的失误与不妙处境浑然不觉。

上海又给我发奖了，我多高兴。获奖小说是《棋乡轶闻》，是一篇至少在表面上看是"胡扯淡"的小说。其实我的荒诞含有不得已，我必须荒诞得使任何深文周纳者无迹可寻……除了胡扯还是胡扯，如马三立的名段子：逗你玩儿！再不让它发生"稀粥事件"或者《宰牛》事件。

还有一件蠢事，我在会议的发言中不点名地反驳了南京一位青年评论家的言论。我感到了他的矛头对准当代作家们，过于聪明啦，轻视散文啦，乱开玩笑啦，不像活鲁迅啦……

我相当反感那种认为中国的问题是由于知识分子尤其是作家中烈士出得太少的各类暗示。"左联"五烈士，雨花台的枪声，郁达夫的被害，王实味掉了脑袋，胡风和他的朋友们，丁陈集团，成百上千的作家划成"右派"，"文革"中《红岩》作者之一的坠楼，傅雷的全家自杀，郭小川在黎明到来时死去……你为什么那样嗜血？你的记录何在？至少这些聪明的作家还留下过杜鹃泣血、以身殉文的记录，你呢？

鲁迅只有一个，废话，莎士比亚、托尔斯泰、雨果与曹雪芹也都是只有一个，作家当然是不二的，能够克隆的作家一定不是好作家。

问题是日子有那么点安定了，肚子越来越吃得饱了，口袋有发凸的趋势，稿费版税看涨，教授与作家都有各种名目的奖金津贴称号职位，是的，平凡有可能取代高潮，日子有可能取代爆炸，轻喜剧与反讽有可能代替一部分指天画地，短信小品是不是正在取代一部分悲情的诗朗诵？于是从小已经习惯了大喊大叫与声泪俱下的朋友们愤青儿们愤中儿们失望了！

中国总是这么绝门。查阅资料，外国讲人文精神，是讲脱离神学的钳制，承认世俗与人，而中国讲的是脱离物欲的引诱，走向伟大的理想精神，甚至视世俗为罪恶。同样叫人文精神，外国强调的是人，人的而不是神的。我国强调的恰恰相反，我们强调的是原文中并不存在的文与精神，而不甚在意于人。绝了。

对不起，我有这些想法，我并没有改变这些想法，但是我仍然后悔于我的轻忽。

上海话就是说得好，你不"识相"！

不忙不闲时吃半干半稀

朝内北小街 46 号院是 1987 年 5 月入住的，小院很有点"历史价值"。我自己花了钱，也在文化部有关工作人员支持下，修整了院落。最伟大的是我买了乒乓球案，还举行过若干次家庭赛事。

有一件事也还有趣，我从亲戚家移来了两株树，一是柿子，一是石榴。两树都长得不错，我吃到了自产的石榴与柿子。守护石榴，使我增加了对于李商隐诗"浪笑榴花不及春，先期零落更愁人"的诗句的理解。

而最好的柿子是高高在上，够也够不着的。这个令人心痒与痛惜的经验，我写到《尴尬风流》里了。

191

1988年1月2日，在北京朝阳门内北小街46号院家中打乒乓球。

而《尴尬风流》的写作缘起是1998年在香港大学讲"通识"课时，阅读一些佛经故事的启发。一开始，我追求类佛学的玄思，写着写着，摆脱不了对于现实的尴尬感与风流感了。韩小蕙（《光明日报》记者）对此作的评价是"真好玩"，而铁凝的评价是，王某对于什么都感兴趣，王得算是个高龄少男。

我在小院写《雨在义山》一文，讨论李义山对于雨的描写时，恰逢此院淅淅沥沥地落着春雨。"红楼隔雨相望冷"的诗句令我泪下。"一春梦雨常飘瓦"的句子使我迷茫。一心阳光明朗的王某却又那么迷雨，赏雨，悲雨，从小就这样，什么问题呢？

而河南的评论家鲁枢元送我的则是请书法家写的"论万世"三个大字，并用小字写上王夫之的名言："大丈夫行事，论是非，不论厉害。论顺逆，不论成败。论万世，不论一生。"境界高远开阔，非我所能达到。

记得 80 年代第一次在法国大使馆的酒会上见到吴祖光老师，我说："您看着精神很好。"他答道："我们这些人，皮实嘛。"我后来有一次向他解释我对"皮实"二字的心得体会，什么叫皮实呢？就是旧京卖布头的人所说的"经拉又经拽，经洗又经晒，经铺又经盖，经蹬又经踹"。这时髦的"经"字读如"今"。90 年代，吴老给我题写了"皮实"与"生正逢时"的条幅。

我喜欢生活，我喜欢日子。我自磨豆浆，排队买炸油饼，我相信北京的小康生活的定义是喝得上面茶与豆汁，吃得上驴打滚与艾窝窝。

人生就是这样，有时闲适，有时忙累。诗曰：

> 累累闲闲累，闲闲累累闲。累闲闲累累，闲累累闲闲。忙人勿嚣嚣，疲累休唠叨。要人勿倨傲，事多难做好。闲适不空虚，岂愁未扰扰？忙闲皆有味，卷舒自长啸。敲字兼读书，三餐防过饱。爬山复戏水，四时赏琴箫。朋友多交流，享受在思考。得失不屑言，优游弹古调。寒暑重健身，浮沉成一笑。宵小或巨测，丈夫何心焦？有酒只半杯，有肉贵精少。有诗应背诵，有言供探讨。如镜勤擦拭，如室勤打扫。心如秋水清，心如明月照。乐在忙闲中，不知老吾老。吃在干稀间，自嘲聊一笑。

这里的第一个老，不是老（去声）吾老以及人之老的意思，而是承认已老的意思。不知老吾老，就是未感觉到自己多么老的含意。

我也就此想起了毛主席谈粮食问题时所说的"忙时吃干，闲时吃稀"的话，吉林话剧团演一出农村喜剧《啊，田野》的时候，硬让一批长寿老农民接受记者采访介绍养生经验的时候加上了一句："不忙不闲时吃半干半稀……"

如果我总结我的一生，总结我的养生经验，不如就干脆写"此人忙时吃干，闲时吃稀，不忙不闲时吃半干半稀……"

作协官事化了吗？

1993 年年底或 1994 年年初，改由时已任中宣部副部长的翟泰丰同志担任作协党组书记，并吸收了小说家陈建功、散文家高洪波、彝族诗人吉狄马加等人参加作协书记处的工作。

老翟的到任为作家团体创造了新的经验，即不由作家担任作协主要"领导"，与作家间恩恩怨怨无关，与文坛一切历史纠葛无关，与文艺业务诸说无甚瓜葛，他的工作一切按上级指示办，一切按正规的机关部门团体来办。

作协变得这样官事化，从此作协工作好"抓"了，顺了，再不会成为作家名流们高谈阔论的文学俱乐部了。文联就更踏实。党组事事上前线，领导走到哪里都是送温暖，致关怀，提计划，作总结，发简报，表拥护，礼贤下士，你好我好大家好。而作家们，则是感谢领导的辛苦，受照拂，得实惠（如医疗补助），心情舒畅，精神愉快，同时彼此保持着文明礼貌的审美距离。

1995 年，在翟泰丰同志奔走呼号努力之下，时隔 6 年，终于又一次召开作协主席团扩大会议。为了突出对巴老的尊重，此次会议在上海开。

1996 年的文代会作代会上还有一事，就是原文联主席曹禺老师在会前 5 日因病去世。他之后，谁当主席？后来提名的是周巍峙。还有作协选上了铁凝担任最年轻的副主席，这两件事，我都赞成，都是倡议者之一。

《中流》杂志还在此期间发表《王蒙其人其事》的专文，一心树王为敌。文中有将王某定性为"党内不同政见者"之说。时任文化部领导的同志劝我"一个巴掌拍不响"，就是说不要理它。其时《中流》并大骂中国社科院一位领导刘吉，此同志见我后便说，我们是"同案"。这一时间段被该杂志批评的还有胡绳、韦君宜、深圳市委书记厉有为等。

他们非要把我搞成中国共产党与中华人民共和国的敌人，这究竟是怎么回事？

《中流》杂志越骂越兴奋。骂贾平凹，其实是刺翟泰丰。

我相信《中流》对于开阔言路也是有贡献的，可惜它后来去反对"三个代表"重要思想去了，自己挖了自己的陷坑。我一开头对"三个代表"重要思想的认识还比较肤浅，但《中流》的态度，促使我进一步思考它的丰厚内涵与深远意义。

至于小贤弟们，自己慢慢消停了下来。人文精神失落了半天，现在也不像已经复归的样儿，也不见激愤的呼喊了。我早就说过，调子太高，一个是难以为继，一个是容易自我重复。祝他们有新的思考，新的作为，新的进展。

此期间我参加政协的活动是很投入的，2003 至 2008 年，我担任全国政协文史与学习委员会主任，这属于现职也是实职，我的工作得到了支持与鼓励。我越来越看到了政协在中国社会政治生活中的积极作用。

与人方便、自己方便的幸福生活

作协工作走向正常以后，对于我来说主要有一件好事，就是夏季到北戴河创作之家休息与写作。我多次说过，我不思也不善消费，更不愿挥霍排场，我没有花天酒地的习惯，我对于生活的最高理想，就是盛夏到海滨一待，上午写小说，下午大海里游泳，这就是我的天堂，我的共产主义！

1997 年，我来到了作协在北戴河的点。1998 年又到河北省，然后1999 年以来，年年到作协的创作之家。

我每年都在这里居住一个月以上，几部"季节"、《尴尬风流》《我的人生哲学》《青狐》《半生多事》《大块文章》《九命七羊》……都是在这里定稿或完成了框架、完成了主体工程的。这儿心要专得多，干扰要少得多。有几次说是作协开主席团会，我就藏在这里假装没有时间不得参加。躲作协之猫猫于作协，高抬贵手，也是两便，对我放宽政策。中国毕竟是一个充满人情味的国家。我要在这里说明，我很注意规章与纪律，费用都是注意缴纳的。

我有我的死板，用芳的话是死教条的一面，认定了夏季应该游泳，便再不能改变。只要天气允许，下午进入海水之中，一下，两下，一百下，一千下，就这么死死地游起来。有时候感觉我的游泳就是人与海的拥抱。

有时候想，人生能有几次游？

2007 年我又增加了一项活动，上午大体写作，下午游泳，不游泳时玩保龄球、乒乓球、克朗棋，晚上在滨海道上散步，回室后用电脑听在线歌曲，听百度和谷歌 MP3。多少老歌儿呀，苏联歌曲《遥远啊遥远》《纺织姑娘》，门德尔松的小提琴协奏曲，柴可夫斯基的《悲怆》，舒曼、勃拉姆斯、圣桑、肖邦……钢琴王子弹奏的各类小品，以及帕瓦罗蒂、胡里奥、蒋大为、李谷一与邓丽君的歌，直到周璇与李丽华，《四季相思》与《渔光曲》，民族音乐与"红太阳颂"，古琴与洞箫，尤其是《在中亚细亚草原上》《旋律》《在森林和原野上》等多年没有听的歌曲乐曲，我算是听了个美。

我曾经在美好的歌乐声中度过青春。我曾经在强横的与夸张的引吭高歌中困惑地迎来中年。我期待着盼望着苦笑着在时而陌生时而兴奋的歌声里度过了夏天。我在一片大合唱中迎来了新的季节。我期待着大雪纷飞，我期待着在最美好的音乐中度过秋天，走完自己的人生之路。

白鸥海客

我不追星，但是我追海。我不是粉丝，而是海带。黄苗子兄为我书写一联，曰："白鸥海客浑无我，黄鹤山樵别有人"，黄鹤云云是元朝画家王蒙的别号。此王蒙不是那个王蒙，此王蒙是白鸥海客，浑无我的海客，白鸥一般。妙哉。

　　同时游泳意味着青春的记忆，青春的挽留。意味着恐惧与挑战。相逢使回忆遥远，我喜欢这样的句子。海也是一种向往，人法地，地法天，天法道，道法自然。王蒙法海。

　　到夏天去，到海滨去，到浪涛里去，这里也有一种逃脱和回归。我太

"我不追星，但是我追海。我不是粉丝，而是海带。"王蒙说。

忙了，不是说时间表日程而是说心力与头脑。我多么需要有那么一个时期，有那么一个盛夏的节日，穿着 T 恤、短裤，赤条条换好泳装，在阳光中，在沙滩上，在大海里，在海蜇海草与小鱼的包围之中，徜徉，飘荡，浮游，乘风破浪，弄潮前行，如一条笨鱼，如一截木桩，如舟如葫芦如泡沫也如神仙，仰望蓝天晴日，近观波浪翻腾，承接清风骤雨，倾听潮头拍岸，无宠辱，无得失，无上下，无左右，无成败，无贫富，无真伪，无正误。无山头，只有浪头；无圈子，只有波纹；无咋呼，只有呐喊低吟；无装腔作势，只有起落自然；无谋划，只有随遇而安；无区分，你就是海，你就是沙，你就是鱼，你就是风，你就是一个快乐的大傻瓜！人生在世不称意，明朝散发弄扁舟。人生在世随它便，今朝束发（以便戴泳帽）如鱼游！

1995 年夏，从青岛我们又到了烟台。这一天下着小雨，刮着三四级的风，下午我打算去黄海明珠浴场游泳。本来我的秘书王安是会陪我去的，他是新疆作家王玉胡的儿子。他的游泳体力与技术极佳，有一阵他每天游个至少两三千米。但这一天他闹肚子，他没有去，我打了个的独去黄海明珠。这次我当真遇了险。我一边游一边默默地数数，一般游一个蛙式的动作前进一米，我游得很慢。我往深海处已经游了近 600 米了，我开始往回仰泳，又游了差不多五六百米了，我以为快回岸边了，一回头，天啊，我到了那颗大球代表的"明珠"下边来了，那里离真正的岸边还有四五百米，而"大球"那边，栈桥壁是直上直下的，水底通通是尖利可怕的残破的贝壳片，你一碰，就会如利刃一般把你割个鲜血淌流。风雨越来越大了，浪头渐猛，大海像沸腾着的开水锅。我想到，我王某就完结在这里了，我想起了聂耳，我的头皮一阵发麻，我的全身一阵痉挛，我的后背上扎进了无数小针……

　　我把这样的经验用到了小说《青狐》的第 23 章里，复旦大学出版社编选的《蝴蝶为什么美丽》（副题是《王蒙五十年创作精读》）中，特别选了这一段。

　　我爱在海里游泳，我是大海惊涛骇浪里的一条小鱼。

山人记趣

　　从唐达成、高贤钧（人民文学出版社副总编辑）、作家叶楠等的身患肺癌，我感觉，北京市的空气质量实在是太差了，我太需要一个能够逃离城市的地方了。如此这般，1997 年，我在雕窝村购买了一处农家房屋的使用权。这不仅是一个别墅，这代表了我的一个生活方向，一种新的乐趣，躲开是非，多多写作。

　　乡下的小动物实在可爱。我们室门外有一盏电灯，突然拉线电门不灵了，最后查明是由于一只飞蛾往电门内部甩了子，而飞蛾卵是不良导体，隔断了电路。村里发生过一次自来水停水事故，经查，是由于一条小蛇咬断了电源线，停电造成了水"叫"不上来。至于那里的虫声鸟声，尤其是虫声，绝对是盛大的交响乐。

　　我自己也纳闷，我可以出席不同层次的党的会议，不甚外行地提出自己的有关政治运作的意见。我可以处理各种俗务，世态人情皆在眼底，虽有冒失，大致合卯。我可以朝朝暮暮地写作苦吟，咬文嚼字，如痴如醉。我可以出入美利坚德意志港澳台，谈笑风生。而最后，最是踏实的是来到雕窝，与松鼠老鼠蝈蝈蛐蛐壁虎螳螂蝴蝶柿子山楂酸梨花椒香椿荆蒿为伍，清清爽爽，天真顽皮，土话土说，锄草种菜……就像嘛事没有一样，就像从来没有当过"右派"，更没有当过部长，没有当过作家也从没有浮游四海一样。

　　我的农村的家紧靠大山，虽然现在雕窝已经红火起来，我那里仍然保

1997年在北京平谷雕窝村购买了一处农家房屋，《狂欢的季节》中某些章节就是在那里完成的。
（彭世团摄）

在雕窝的院子里打核桃。

持僻静。出门走几步是两株大核桃树，我常常在树下与老乡们闲聊天。与在巴彦岱时期一样，我的名字是"老王"。一次与贾庆林主席闲话的时候，他提起了我在大树下与乡亲话桑麻的事儿，恐怕他是在北京市委主持工作的时候听到了汇报的吧？

我与朋友们多次在那边登山，寻找与开辟了一号、二号、三号三条进山线路。二号还分 A 线与 B 线。曲里拐弯，越走越深，地形险要而且神奇。三号线走到头是一个大深坑，内有积水，使人心惊。二号线从来没有走到过头，据说可以一直走到金海湖去。一号线走着走着变成了下泻的碎石，再走就到了河北省的兴隆啦。

雕窝的农家院里，有一块土地，在原支部书记何金义的帮助下种了一片草莓。太棒了，不但结果而且蔓延扩展，又不用经常管理。我的计划是把它发展成草莓田，我在一担石沟期间也管过草莓，对之并不陌生。谁想得到，一年由于风大天冷，冻水没有浇够，次年草莓全部冻死了，我则越来越没有足够的时间到雕窝"务农"了，我乃下决心把我家的农业变成林业。除原有的核桃与山楂外，从遵化东陵移来了两株梨树，两株黄杨，一株香椿。自然生长出两株黑枣，我都找人嫁接成了柿子。一株长得很好，另一株已经嫁接成活，母树黑枣又发出了大芽，时逢SARS那一年，我去得不及时，使嫁接好的柿子枝最终夭折。第二年又嫁接一次，我极不放心。即使出国到了菲律宾，我还惦记着自费打越洋（IP）电话给孩子，嘱咐他们把母树上出的白芽摘除，保证柿子的成活。

不论走到哪里，当我想到有几株树是我所惦念的，我感觉良好。

教授、博士、海洋大学

就在指使一些人提高了批王的分贝以后，头一项效果是一些大学加快了聘请王某做他们的教授、兼职教授、名誉教授、名誉院长的步伐。我得到的头一个名誉教授头衔来自解放军艺术学院。

此后南京大学、浙江大学、中山大学、北京师范大学、南开大学、上海师范大学、上海交通大学、西安工业大学、华中师范大学、东南大学、鲁东大学、新疆大学、新疆师范学院、重庆师范大学、海南师范大学、河北科技师范学院、温州大学、泰山学院……可能还有别的高等学校，都聘请我担任了他们的教授，有的加上了文学院名誉院长，有的是学校顾问或高级顾问。我还担任了国家图书馆顾问、上海东方讲坛顾问。此外去讲过课的就更多，包括国防大学、装甲兵学院、西安解放军政治

2005 年 11 月 19 日，在上海交通大学演讲《想象与文学》。 （彭世团摄）

学院、南京解放军政治学院、中国艺术研究院、南京邮电大学、浙江师范大学、安徽师范大学（我被聘为他们的诗学中心顾问）、北京大学、清华大学、上海大学、延安大学、社会主义学院、鲁迅文学院、国家图书馆文津讲坛、上海图书馆、上海东方讲坛、南京图书馆、光明讲坛、宁波讲坛、现代文学馆、301 医院研究生班、青年政治学院、香港大学、香港浸会大学、香港中文大学、香港科技大学、香港中华文化促进会、香港作家联合会、香港作家协会、香港图书馆、澳门基金会、凤凰卫视世纪大讲堂等。

从中也可以看出，我不是隐士，不是酒仙，不是闲云野鹤，不是一个完全省油的灯。我不会长期让那些不学无术、装腔作势、拉帮结派、与人为恶的猛人们如入无人之境。

进入新世纪以来，作学术讲演已经逐渐成为我的生活的又一个组成部分，每年都要讲个十几二十次、2008 年后达到 60 余次（不包括境外）。

我更重视的是 2004 年，由俄罗斯科学院远东研究所授予我的荣誉博士头衔。在莫斯科，举行了正规的仪式给我授学衔。年轻时候我一直为自己没有受高等正规教育而遗憾，如今我也忝列教授与博士其中了，我得到了相当的安慰。

而更认真的是青岛海洋大学，现名中国海洋大学。他们隆而重之地非要我去当顾问、文学院长（现是名誉院长）、首席驻校作家与教授不可。其情可感，其礼遇非我敢当。

海大校址为原来的山东大学，在这个兼有德国与日本风格建筑的小鱼山校本部，梁实秋、闻一多、朱自清、老舍、洪深等都教过课。江青与王度庐（1909—1977 年，原名王葆祥，小说《卧虎藏龙》作者）

2004 年 11 月 17 日，俄罗斯科学院远东研究所学术委员会主席季塔连科代表科学院授予王蒙名誉博士学位。

王蒙在俄罗斯科学院远东研究所获得的名誉博士学位证书。

2007 年 9 月 25 日，中国海洋大学作家楼挂牌，作家楼记碑揭幕。2002 年王蒙就任中国海洋大学文学院院长之后，联系邀请了国内外著名学者、作家 100 多人前往讲学，为中国海洋大学人文学科的建设作出贡献。左起：吴德星、秦伯益、王蒙、管华诗、冯瑞龙。 　　　　　　　　（彭世团摄）

都曾是这里的图书馆管理员。他们渴望恢复过往人文课程的传统，他们在丁玉柱老师的力荐下想到了我。

海大建立了王蒙文学研究所，由市委书记与我揭了牌。在 2003 年召开了王蒙文学创作国际研讨会。

在 2005 年召开了有作家和科学家共同参与的"科学·人文·未来论坛"，由于一些作家在这里批判科学主义，使科学家们大感意外，也开得十分热闹。

世界是多么阔大多么可爱

1999年，先是在春天与芳共同出席了巴塞罗那的论坛，并访问了马德里与格拉纳达。西班牙当然永远迷人。

然后是巴黎和德国的特里尔，在后面这个城市参观了马克思出生纪念馆与罗马帝国的澡堂遗址。罗马帝国把澡堂修得这样规模宏大，堂皇张扬，令人想不明白。

然后是瑞士，只为休息两天，第三天好去参加维也纳那边的一个研讨会。伯尔尼，日内瓦，苏黎世，对于我也不是陌生的了。

深秋与芳共访了韩国，应韩国外交部主管的韩国基金会之邀。为韩国的青山绿水、争强拼搏、热情友好而十分感动。也为韩餐的美味而满足。

回京不久，我应意大利意中友协的邀请独自一人去访问意大利。向朋友们介绍中国的文学生活现状。在罗马讲座之后，应威尼斯大

1999年在瑞士苏黎世。

2002 年 9 月 29 日，与夫人在罗马西班牙广场。

学教授、我的多种作品的译者费龙佐博士的邀请到了水城威尼斯，尝了尝上哪儿去都坐船的滋味。

这一年我是"疯狂出访"，有点像 1993 年。可能是 20 世纪快结束了，各种国际活动也在赶任务。回来后说的是 12 月率一个对外友协的代表团访问日本。

离出发日期还有 5 天，突然一夜本人小腹奇痛，哇哇呕吐，高烧 39.6℃，浑身颤抖，略经曲折，最后诊断为急性胆囊炎。乃做急诊手术，摘除胆囊。

而我一直养了一个半月，到香港中文大学参加迎接新世纪的研讨会时，仍然觉得自己虚虚弱弱。一直到夏天到了北戴河，庶几好了一点。

摘胆囊后三年，终于实现了率友好代表团访日的愿望。我准备了在大型招待会上用日语发表演说的稿子。在日中文化交流协会的欢迎会上，我讲了话。我说到对日中文化交流协会已故的领导人，中岛健藏、千山是野、东山魁夷、井上靖、团伊玖磨等的怀念。我说今天的集会上他们好像仍然活在我们中间。

　　2003 年我访问了毛里求斯、南非、喀麦隆与突尼斯。非洲是多么可爱，毛里求斯是印度洋里的一颗名珠，到处都显出质朴与自然，大海与蓝天，白色的珊瑚礁受到国家的保护，现代化的旅馆里用的是茅草屋顶与原木建筑。

1987 年春，王蒙陪同邓颖超（左二）会见日中文化交流协会原会长井上靖（右三）。

2007 年 10 月 26 日，在韩国首尔出席由高丽大学组织的"王蒙文学研讨会"。培才大学中国学部张允瑄教授在会上做题为"中国文坛的大师——王蒙先生文学踪迹"的主题发言。　（彭世团摄）

　　在南非，我们攀登好望角的灯塔时，注意到身前身后都是同胞游客，而在毛里求斯的维多利亚旅馆，也正碰到世界华商大会在那里召开。南非的有色人种摆脱种族歧视还不久，与同行们的座谈，仍然洋溢着反帝反殖的热烈气氛。同时，可以分明地感到他们对于毛泽东的崇敬。

　　喀麦隆的黑非洲风貌实在难忘。它的河流如大水漫漫，几乎没有河岸，却有河马在波涛中出没。

　　至于白色的突尼斯，本是欧洲人的度假胜地。什么迦太基呀，什么罗马帝国呀，到处都是历史。

　　最最可爱是非洲，我写过一系列文字。我写过她的野马奔腾的河流，她的蓝灰色的鲸鱼、水中的犀牛与河马、陆上的大象与鸵鸟……美丽强壮的非洲男人与女人。每个人都是一尊雕像。每个角落都是一幅油画。我相信上帝是护佑非洲的。

我在政协

1993 年八届政协以来我担任政协委员，1994 年以来是八、九、十届常委，2005 年以来，是全国政协文史和学习委员会主任。

开始我多少以为政协委员是一个安排人事的闲职。有说政协是"不说白不说，说了也白说，白说也要说"的地方。其实政协的事情比想象的要好得多而且越来越好。

我最最感动的是，不论是常委会还是全体会议，都由秘书长将各小组讨论情况向与会人员作一个综合汇报，原汁原味，不避锋芒，有的令人惊诧，有的全新思路，有的语重心长，带棱带角。这样，委员虽然分成小组活动，仍能把握全局。

我多次建议把秘书长的历次综合汇报出版，哪怕仅仅是内部出版。

政协有大会发言，这也是政协特色，全国只此一家。虽然行业太多，有时一方面的发言，引不起不同行业委员的兴趣，但毕竟给了普通委员一个在人民大会堂讲坛上参政议政、发出自己的洪亮的声音的可能。

我前后在政协全体会议上作过四次发言。1997 年我讲过"建设文化大国刍议"。2005 年讲"文化与和谐社会建设"。2006 年讲"创新的关键

八十自述

在于人才"。2007 年讲"同一个世界，同一个梦想"。我的发言频率如此之高，效果越来越趋于热烈：最近两年的发言，都是只用了六七分钟讲，同时获得了六七次打断讲话的掌声。对于实际工作的作用也越来越明显。

仅从大会发言一点上，也可以老老实实地承认自己的政治参与的积极性得到了相当充分的发挥，也从一个小侧面表现了至少是思想与言论的逐步开放。

尤其是政协的机构使一些并不处于社会政治生活中心位置的人士——如宗教神职人员、特殊界别的代表人物等——成为政协的重要角色。还有一些从领导岗位上退下来的人，包括遭遇了

2006 年 3 月 10 日，在全国政协十届四次会议上作题为"创新的关键在于人才"的发言。

　　2007 年 2 月 27 日，与政协主席贾庆林（左二），政协副主席王忠禹（左一），政协副主席、中国社会科学院院长陈奎元（右一）在《政协委员一日》首发式上。　　　　　　（彭世团摄）

　　2005 年 3 月 10 日在出任全国政协文史和学习委员会主任后在北京饭店第一次主持该专委会主任会议。　　　　　　　　　　　　　　　　　　　　　　　　　　　　　　（彭世团摄）

一点波折的同志，在政协都得到了足够的倾听和重视。

至于政协小组会上，言路之广，空间之大，气氛之和，态度之善，应属首屈一指。

我在 1958 年的少年宫建筑工地上学到过一些词儿、一些活儿：灌浆、泥缝、抹光、齐不齐一把泥……在某些特定情况下，在政协小组会上当小组长需要这方面的训练。1997 年会议上，在一位老哥大放厥词之后，我勉为其难地做了这方面的活计，并为此得到了"感谢"。他的发言第二天就被同组委员汇报到有关部门领导那边去了，好险！幸亏我的泥水活做到了头里。

1996 年，我参加了全国政协的"展望二十一世纪论坛"的筹备工作与论坛。李光耀、舒尔茨、基辛格、竹下登还有许多各国政要出席了论坛。我也结识了俄罗斯的季塔连柯，美国的傅高义这些权威中国研究专家。

2000 年与 2001 年，我参加了有关"不同文明间对话"的准备活动与国际会议。

自 2005 年我担任政协文史和学习委员会主任以来，这方面的工作得到了政协领导的极大支持。这是一个现职也是实职，我自己也没有预料到会有这么多干头。我们编辑的《政协委员一日》首发式，贾庆林主席也来了。现在，这个书籍的系列仍在继续编辑出版。

　　1996 年 9 月 4 日，由全国政协主办的"展望二十一世纪论坛"会议在北京全国政协礼堂举行。图为论坛组委会副主席胡绳在午餐会上讲话，王蒙参加了筹备工作。　　　　　　（图片来源：全国政协网站）

　　2006 年 12 月 12 日，王蒙在伊朗会见倡导"不同文明间对话"的伊朗前总统哈塔米。

第八章　作赋穷经

我感动，所以我满意

我的感动并不，　·点也不艰深，不各色，不自恋和顾影自怜。一座山峰，一片浪花，一座老屋子，一棵大树或者小苗，一叶扁舟，一钩残月或者落到海里去的太阳，时而使我感到生命的极致。西班牙格拉纳达的阿拉伯花园与比利时布鲁日的建筑，颐和园里的谐趣园与西湖边的平湖秋月，已经足够我感动得潸然泪下。连续听或者唱几首我所喜爱的乐曲，已经使我觉得此生再无所求。

感动里有幼稚的伤感……对此，我做过反省，我还会做反省的。然而我更加珍视更加自信的是一种坦诚，一种胸怀和境界，是那阴暗的、肮脏的、狭窄的、渺小与无能的人儿一辈子也够不上、摸不着、更理解不了的坦诚、明朗与善良。

而原谅旁人的目的是原谅自己，人最最容易伤害的不是他人仇人而是自己。心胸狭隘，心怀怨恨，伤害的不是旁人而是自身。

问题全在选择，你选择了高雅，你必须轻蔑那一切的低俗。你选择了善良，你必须以德报怨，化仇为友。你选择了凭作品吃饭，你就不要再盯

2009 年 1 月 16 日，王蒙在中南海接过温家宝总理颁发的聘书，成为中央文史研究馆馆员。

着任何头衔与权力。

活到老，学到老，自省到老。我是王蒙，我同时是王蒙的审视者、评论者。我是作者，也是读者、编辑与论者。我是镜子里的那个形象，也是在挑剔地照镜子的那个不易蒙混过关的检查者。

我算不上典型的干部——官员，同样算不上典型的中国知识分子或者小说家。我的事太多，面太宽，侧面太多。2010 年我吟诗曰："老来无事便猖狂，论道抒情两不妨"，又有句云："青春作赋赋犹浓，皓首穷经经更明。"

而且这有关我的处境，我的四面开花，八面来风，使吾兄的"一条筋"的明枪暗箭显得太不够使。使信口雌黄的小子们老虎吃天，无从下口。

我感动还因为我重视家庭，珍惜天伦之乐。我平生只爱过一个人，只和一个人在一起，家庭永远是我的避风港，是我的攻不破的堡垒，是我的风浪中的小舟，是我的夺不走的天堂。

我帮助的有些人早已经感到了我的碍事。受惠感是一个有雄心的人最最不能忍受的屈辱感与羁绊感。我敬重的人也有人觉得与我渐行渐远。我自己一直干扰着我自己，我自身一直妨碍着我自身。朋友与非朋友都觉察到了我的不同。我制造了、掀动了，至少是歌唱了、记录了、帮助了洪波的涌起，冲走的与淹没的是我王某人。

所以，我是王蒙。我应该满意。

为老子作证

年轻时已经迷上了《老子》（又名《道德经》），那时看的是任继愈教授的注释本。一个天地不仁、一个宠辱无惊、一个上善若水、一个不争故莫能与之争、一个无为、一个治大国若烹小鲜、一个生也柔弱死也坚强，就把我惊呆了。我觉得老子深不见底，我觉得他的论述虽然迷迷瞪瞪，却是耳目一新，让人大开眼界，一下子深刻从容了许多。

青春作赋，皓首穷经，这是当年黄秋耘对我说过的话。从首次接触

《老子》到现在已经经历了 60 年的沧桑。而接受编辑刘景琳先生的建议做这件事，也经过了 5 年的考虑斟酌。我决定将《老子的帮助》一书献给读者。

老子对于我们今天的人有什么帮助呢？

第一，他带来了大部分哲学思辨、小部分宗教情怀的对于大道的追求与皈依。他的道是概念之巅、概念之母、概念之神，是世界的共通性，是世界的本原、本源、本质、本体，是世界的归宿与主干。读之心旷神怡，

2009 年 12 月 12 日，在南京新街口新华书店签售《老子十八讲》。　　　　　（彭世团摄）

胸有成竹，有大依托，有大根据。

第二，他带来了一种逆向思维、另类思维乃至颠覆性思维的方法。一般人认为有为、教化、仁义、孝慈、美善、坚强、勇敢、智谋是好的，他偏偏从中看出了值得探讨的东西。一般人认为无为、讷于言、不智、愚朴、柔弱、卑下是不好的，他偏偏认为是可取的。他应属振聋发聩，语出惊人之人。你可以不认同他，却不能不思考他。

第三，他带来了"无为"这样一个命题，这样一个法宝。他提倡的是无为而无不为，是道法自然，是不争故莫能与之争，是后起身而身先，外其身而身存。他的辩证法出神入化，令人惊叹。他的透视性眼光入木三分，明察秋毫。

第四，他带来的是逻辑思维与形象思维的结合，是感悟与思辨的结合，是认识与信仰的结合，是玄妙抽象与生活经验的结合，是大智慧的无所不在，不拘一格，浑然一体，模糊恍惚。

第五，他带来了真正的处事奇术、做人奇境，以退为进，以无胜有，以亏胜盈，宠辱无惊，百折不挠。

第六，他带来的是汉字所特有的表述的方法、修辞的方法、论辩的方法、取喻的方法、绕口令而又含蓄着深刻内容的为文方法。他将汉字的灵活多义性多信息性弹性与概括性简练性发挥到了极致，他贡献给读者与后人的可以说是字字珠玑、句句格言、段段警世、页页动心、处处奇葩、自由驰骋，文如神龙巨鲸。这是汉字的真正经典，是汉字古文的天才名篇。

他帮助我们智慧、从容、镇定、抗逆、深刻、宽广、耐心、宏远、自信、有大气量、有静气与定力。

以及其他。老子能够帮助我们。

与庄周共舞

差不多用了3年的时间，2011年，我在77岁高龄写完了《庄子的享受》《庄子的快活》《庄子的奔腾》，分别对《庄子》内篇、外篇、杂篇作了转述与解释发挥，作了研讨与推敲，作了共鸣与对话。

慨当以慷，《庄子》难平。心如泉涌，意如飘风。倏忽万世，摇荡苍穹。俯拾即是，妙语无穷。铺陈巨浪，点染雄峰。孰能与共？起落匆匆。睥睨万物，笑谑群生。忽呆若木鸡，又世事清明。时深明大义，却力排凡庸。若蝴蝶园圃，或鲲鱼北溟。且树下酣睡，似飘摇太空。唱天籁野马，击黄鸟弹弓。抚虚室生白，扮盗墓儒生。揭穿盗亦有道，道亦有盗。冷嘲义出侯门，侯门义生。谈庄享受，舞庄快活，思庄奔腾。孔丘秕糠，盗跖张扬。惠施语塞，墨翟目瞠。老王何幸，呼青春、勇探索、锋芒毕露，混乱、挫折、边疆、浮沉、井喷、诗书论、长中短、春夏秋冬，犹说红楼、义山、老子、庄生。天降斯任，请看我飞旋纵横！

对于我来说，我能够做的不是继续扩展荃、蹄、言（《庄子》在杂篇《外物》中提出"得鱼而忘荃，得兔而忘蹄，得意而忘言"的著名命题）的资讯，在堆积如山的庄学疏解上再加量加高，而是用自己的人生历练，用自

己的体悟感受，用自己的政治经历、社会经历、人生经历、文学经历，用
自己的知识与智商去与庄生对话，与庄生共舞，揣摩逼近庄生的鱼、兔、
意图、意念、雄辩与才华。我相信，庄生原来也是活人，有七情六欲之
人，特别聪明与有趣的人，有着与众不同、高出一大截的见地与想象力的
人，叫做"谬悠之说，荒唐之言，无端崖之词，时恣纵而不傥……独与天
地精神往来……"他是一个这样的精神上十分骄傲，思想上非常开阔，见
解上非常开明脱俗，表达上汪洋恣肆、不拘一格的人。你如果做不到与他
智力上精神状态上的靠近与共鸣，大致的平起平坐，你的解释就只能是隔
靴搔痒、刻舟求剑、步行追鲲鹏、冬烘讲天才，想吃其厚垢也吃不上！某
虽不才，敢引庄为同道，敢不在庄前一味自惭形秽、匍匐随从，而是平视
庄周，与之拥抱握手，与之交谈辩论，与之对话，与之共遨游同欢笑，与
之翩翩起舞。

一辈子的活法

在回首往事的时候，我最喜欢的一个词叫做"活法"。

我经历了伟大也咀嚼了渺小。我欣逢盛世的欢歌也体会了乱世的杂
嚣。我见识了中国的翻天覆地，也惊愕于事情的跌跌撞撞。有时候形式的
云谲波诡令人晕眩，有时候祸福说变就变，叫人以为是进入了荒诞的梦
境、是在开国际玩笑。见过上层的讨论斟酌，也见过底层的昏天黑地与自

得其乐，还有世界的风云激荡，我毕竟访问过 60 多个国家和地区。我感受了呵护的幸运与"贵人"的照拂。我也领教了嫉恨者明枪暗箭的无所不用其极。他们好累！

然而这些只能叫遭遇，只能叫命运，只能叫机缘，只能叫赶上点儿了，这仍然不是活法，不是你老王某某人的笑声与热泪，不是你老王的绝门儿与绝活儿。遭遇是外在的，而活法全在自身的选择。"一箪食，一瓢饮，在陋巷"，这是遭遇，而"回也不改其乐"，这是活法。本来是习惯性满分与第一名的好学生，一心要飞蛾扑火般地献身革命。少年得志地当着团委的小领导，一下子着了文学创作的迷。骤得大名后紧接着是一个"倒栽葱"。住进了高等学校的新房室突然决心全家迁徙新疆。官至"尚书"了却坚决回到写字台前。17 岁的时候被人认为是 30 岁，而 76 岁了仍然在大海一游就是一公里。这是活法，这是个性，这是屡败屡胜的不二法门。

我的活法积极而且正面，我常常充满信心，对自己也对环境。我常常按捺不住自己的笑意。我常常想"笑场"。我的挫折与悲观是我积极与正面的起跑线。一个经历过如许的挫折和悲观的人，结果摈弃了的是不切实际，获得的是且战且进的一步一个脚印，是干脆没有什么胜负，而只有缤纷与趣味的经验。能够不是这样吗？

我参加了那么多，掺和了那么多，我与闻其盛，有份其荣辱正误利害。我为此不知冒了多少次傻气，付出了不知多少代价。不知我者谓我聪明绝顶，知我者为我的傻气洋溢而摇头。善哉！

又不仅仅是参与者，我从来没有停止过观察、欣赏、思考与反省，也有痛惜、怀念、欣慰与几滴浑浊的泪。

而且一辈子不断地更换着我的活法。对于生活与活法，我贪！

看、听、历、感，并且参与了那么多事儿以后，你应该记住，你应该珍惜。你的记忆与思考将会多少延续着你的活法，直到你不在场了，不能看、听、历、感了，但还在记忆着与反刍着、重温着与消化着你的活力与活法。

我要跟你讲政治

我是中国革命、中国历史、中华人民共和国的建设与发展的追求者、在场者、参与者、体验者、获益者、吃苦者、书写者、求证者与作证者。我喜欢追忆、咀嚼与研讨中国的政治，我有责任说出真相，我必须泄露一些"天机"，而不能听信各式的信口雌黄。

我很高兴，终于，我有机会在近耄耋之年写出了《中国天机》一书，痛痛快快地写写自己的政治见闻、政治发现与政治见解。

童心未泯的人说中国的近现代史是儿童的过家家游戏；痞子则认定政治是无赖的老千赌博；野心家认为政治是风险虽大利益却大得惊人的冒险，是权力的按照丛林法则进行的残酷争夺。人们就是这样，以自己的眼界与高度，以自己的波长与频谱来接受和解释政治的种种信息。当他们叙述中国的时候，各执一词的歪曲与诚恳的叙述式一样多。

我至少希望我的见闻与见解宽一点、深一点、真一点，也能与读者共享一点天机的端倪。

天机能不能泄露？政治生活中有太多的现象与实质的距离，有策略与理念的错位，有说什么、做什么、记住什么、故意忽略什么的讲究，有声东击西、欲擒故纵、指桑骂槐、投石问路、虚张声势、韬光养晦……的手段。

但政治仍然是伟大的事业，有仁人的爱心，有志士的奉献，有智慧的

2013年1月5日，《中国天机》出版座谈会在北京召开。前排右起聂震宁、李君如、王蒙、熊光楷、宋木文、李松晨，后排右起王安、龚珍旭、辛广伟、王能宪、陈德宏、何向阳、钟岩、李雪、王艺桦、吴为。

（彭世团摄）

奇葩，有哲学的辉煌、诗学的激情、战略家的神机妙算，有千奇百怪的命运与偶然，有历史的沉重，更有祖国与世界人民的愿望和利益在平凡的与不平凡的政治人物的生涯中威严做主。小头小脸的庸人当然不可能体会到历史主导的郑重与宏伟，他们只能用最卑劣的眼神来偷窥历史中的不经八卦，再一知半解地曲解政治生活。而假大空套（话）更是使政治的信誉丧失殆尽。

但我还是写下了我认为应该公开也可以公开的天机。我相信它有建设性的作用。而且我相信，如果我不写，不会有别人写了。

我入党已经 64 年（至 2012 年），我当过文化部长与全国政协文史委主任、中央委员与全国政协常委。我被错划为"右派分子"打入另册达20 余年。我参加农村体力劳动前后共 11 年。至今，极左与极右的人动辄对我进行两个方面的炮轰。我和最上层的人最下层的人包括劳改释放犯都有交往。我访问过 60 多个国家与地区。我见过我国的最高级别的政治领导人物。我见过外国高端政要：中曾根、诗琳通公主、日夫科夫、撒切尔夫人、金日成、金大中……同时我从来没有停止过我的文学追求。这样，第一，我非常政治，想否认也不可能。第二，我非常文学，我从来没有去追求过、真正感兴趣过，哪怕是一星半点的"仕途"。但我有真正主人翁的责任感与理解担当，我有入乎其内，又出乎其外的灵动与清醒。

我想努力做得最好，我要努力把我见识过体会过的政治的，尤其是中国政治的天机娓娓道来。我不指望读者会非常足够非常深刻地同意我的见解，但是，我指望人们会思考、参考、长考我提出的话题。

明年我将衰老

2007 年，我与家人在新疆饭店举行了我与芳的金婚纪念。何等的感慨，何等的幸福。我们从 1953 年恋爱，1957 年结婚，转眼走过了半个世纪。我们从年轻的共产党员开始，经过了政治运动中的没顶之灾，经历了远走新疆，把户口本从北京迁到乌鲁木齐，再到伊宁市，再回到北京。经历了团区委副书记、"右派分子"、"人民公社副大队长"、中央委员、文化部长、

2012 年 3 月 23 日崔瑞芳去世，原中共中央政治局常委胡启立偕夫人到王蒙家中吊唁。（彭世团摄）

政协常委……1983 年出版《王蒙选集》四卷，1993 年出版《王蒙文集》十卷，2003 年出版《王蒙文存》二十三卷（当然当时还没有预见到 2014 年出版我的文集四十五卷），我们携手走遍了包括港澳台在内的所有省、自治区与直辖市，我们携手访问了新加坡、马来西亚、泰国、日本、韩国、哈萨克斯坦、捷克、斯洛伐克、美国、墨西哥、印尼、菲律宾、越南、俄罗斯、瑞典、德国、英国、荷兰、比利时、奥地利、澳大利亚、法国、西班牙、意大利、伊朗、埃及、突尼斯、喀麦隆、毛里求斯、南非。我们非常高兴，虽然生活的道路远非平坦。在进入老年之后，我们的日子过得很好。

谁也没有想到，一贯相当健康的芳，2010 年查出得了结肠癌症。是年 9 月，我率一作家团出访美国，得知她的患病情况后提前赶回了北京，从机场直接赶到她所住的中日友好医院。此后的日子是化疗、陪住、伽马刀治疗、凌晨排队看中医……还有我自己的缠腰龙病痛……2012 年 3 月 23 日，芳去世，享年 80 岁。当然，这是我的天塌地陷。

如我在短篇《明年我将衰老》（《花城》2013 年第 1 期）所写：

"我知道这一切都有你的心思，都有你的参与与祝愿，有你的微笑与泪痕，有你的直到最后仍然轻细与均匀的、平常的与从容矜持的呼吸……"

芳的临终清醒、坚强。海外一个朋友说，见到她前一年 12 月 31 日写给孩子们的告别遗信，甚至于觉得她走得"大义凛然"。

我的小说写道："走了就是走了，再不会回头与挥手，再不出声音，温柔的与庄严的。留恋已经进入全不留恋，担忧已经变成决绝了断。辞世就是不再停留，也就是仍然留下了一切美好……

"然而我失去了你，永远健康与矜持的最和善的你，比我心理素质稳定得多也强大得多的你。你的武器你的盔甲就是平常。你追求平常心早在平常心成为口头禅之前许久。对于你，一切剥夺至多不过是复原，用文物保护的语言就叫做修旧如旧，或者如故如往如昔。一切诡计都是游戏与疏通，都是庸人自扰与歪打正着，都是过家家很好玩。我乐得（de，阳平）回到我自己那里，回到原点。它不可伤害我而且扰乱我。我用俄语唱'遥远'，用英语唱'情怀'，用维吾尔语唱'眼睛'，用不言不语唱'景仰墓园'。"

芳的骨灰埋葬在京郊十三陵景仰墓园。日中文化交流协会的朋友佐藤淳子等专程来扫了墓。韩国《现代文学》主编梁淑真女士越洋寄来了悼念的白玉兰。德

2012 年 3 月 29 日，王蒙在八宝山送别崔瑞芳。 （彭世团摄）

229

国女诗人萨碧妮·梭模凯朴写了短歌体诗作追悼。泰国公主诗琳通为葬礼献了花圈并委托泰国驻华大使前来送别。许多领导同志包括贾庆林、刘云山、张春贤、杜青林、胡启立等表达了他们的哀悼。作协主席铁凝与作协党组书记李冰操持了遗体告别。家属其实是竭尽全力缩小丧葬的规模，仍然是极尽哀荣。

"我的一生就是靠对你的诉说而生活……有两个小时没有你的电话我就觉察出了艰难。你永远和我在一起。那些以为靠吓人可以讨生活的嘴脸，引起的只是莞尔……

"我们常常晚饭以后在一起唱歌，不管唱的是兰花花、森吉德玛、抗日、伟人、夜来香、天涯歌女，也有满江红与舒伯特的故乡有老橡树。反正它们是我们的青年时期，后来我们大了，后来我们老了，后来你走了……

"我们也确实有过值得回味与纪念的 1950 、1960、1970 年代。我们的生活不应该有空白，我们的文学不应该有空白，我们俩没有空白。高高的白杨树下维吾尔姑娘边嗑瓜子边说闲言碎语。明渠里的清水至少仍然流淌在 40 年前的文稿的东西南北、上下左右。我们俩用白酒擦拭煤油灯罩，把灯罩擦拭得比没有灯罩还透亮。我们躺在一间 5 平方米的房间的 3.7 平方米的土炕上。我说我们俩是'团结、紧张、严肃、活泼'，这是林彪提倡的'三八作风'当中的那八个字。这八个字令你笑翻了天，我们是最幸福的一对。虽然那时候不作'你幸福吗？''不，我不姓符，我姓赵'的调查。我们都喜欢那只名叫花花的猫，它的智商情商都是院士级的……洋铁炉子，无烟煤，煤一烧就出现了红透了的炉壁，还有白灰，煤质差一点的则变成褐红色灰。煤灰延滞了与阻止了肆无忌惮的燃烧，却又保持了煤炭的温度，这就是自（我）封（闭）。……你拨拉下煤灰，你加上新炭，十分钟后大火熊熊，火苗子带着风声，风势推动着火焰，热烈抚摸你我的脸庞，我热爱这壮烈的却也是坚韧不拔、韬光养晦的煤与火种。冬火如花，火红鲜嫩。嫩得像 1950 年的文工团员的脸。我最喜欢掌握的是燃烧与自封的平衡，是不止不息与深藏不露的得心应手。

"还有庄稼地、苹果园、大渠小渠、麦场、高轮车、情歌民歌、水磨、蜂箱、瓜地里的高埂，还有砍土镘与钐镰，这是我们的共同岁月，共同见证，共同经历，共同记忆……而 2012 对于我来说最惊人的最震撼的是当记忆不再被记忆，当往事已经如烟，当文稿已经尘封近 40 年，当靠拢 40 岁的当年作者已经计划着他的 80 岁耄耋之纪元，当然，如果允许的话；就在这时，靠了变淡了的墨水与变黄变脆了的纸张的帮助，往事重新激活，往日重新出现，空白不再空白，生动永远生动，而美貌重新美貌，是你给了我这一切。

"我还有一个化学的与商品的发现，纯蓝墨水经久颜色不变，蓝黑墨水，反而充满了沧桑感。"

这里说到的是 2012 年的另一件大事：就在瑞芳去世差不多同时，发现了我的旧稿《这边风景》。

"我们生活在剧变的时代，我们已经忘记或者被忘记。例如 35 年以前更不要说四五十年以前的旧事……我们觉得今是而昨非，我们常常相信重今而轻昔才是最聪明最不伤心伤身伤气的选择……然而昨天也曾经是当时的今天，也曾经无比生动无比真实无比切肤，无比激越无比倾注无比火热，昨天不可能被遗忘就像今天不可能被明天消除干净了痕迹。是生活，

图为坐落于伊犁哈萨克自治州伊宁市巴彦岱镇的"王蒙书屋"。书屋占地面积700余平方米，展现了王蒙当年的创作情景、生活场景及多部文学作品。书屋还设有专为农牧民提供阅读学习的区域，已成为文化惠民工程的一部分。

（王鹏摄）

　　王蒙文学艺术馆于 2011 年 4 月在四川省绵阳市四川音乐学院绵阳艺术学院奠基，计划于 2014 年 5 月开馆，集收藏、陈列、展览、研究、公共教育、文化艺术交流等诸多功能于一体。图为艺术馆效果图。

　　2012 年 8 月 27 日，沧州百名作家采风活动出发仪式暨王蒙文学院揭牌仪式在河北沧州举行。

　　　　　　　　　　（王少华摄）

原中共中央政治局常委吴官正同志创作的王蒙画像。

2013年9月27日至10月27日,《青春万岁 王蒙文学生涯六十年》展览在北京国家博物馆举办。几十位领导同志、文学艺术家和数万观众观看了展览。

是永远的生活……稚嫩的唐突的声嘶力竭的生活同样可能是好小说、好的摇滚歌曲或者意大利歌剧罗曼斯咏叹。就像贫穷与苦难，悲惨与失落，对不起，乃至疾病与苦药水会是很好的文学一样。它们常常是比秀幸福骚快乐更好的小说。生活与记忆不可摧毁，直观与丰饶不可摧毁，何况贫穷与苦难当中仍然有勇敢的吟咏，失望与焦灼当中仍然会做出最动人的描摹，在墓碑前的伫立与脸上的泪珠滚滚当中仍然有此生的甜蜜与感激。"

2013 年，《这边风景》出版了，它受到了读者与文学评论家的重视。我也趁机重视审视回顾了我的 39 岁，在 79 岁的时候。

2013 年，我就要 79 岁了，而按照过去的民间习惯，我的"虚岁"业已 80，从 1953 年我动笔写《青春万岁》算起，我从事文学写作已长达 60 年，我加入中国共产党已经 65 年。感谢上苍，从前我从来没有想到自己有这个寿数。浙江农林大学在其人文学院院长、作家王旭烽关心下，还有浙江工业大学在党委书记梅新林教授关心下，举行了王蒙创作 60 年的研讨会，还举办了有关作品朗诵活动。此外，新疆在我劳动过的地方，伊犁哈萨克自治州伊宁市巴彦岱镇建立了"王蒙书屋"，把展览与文化服务结合在一起。绵阳艺术学院建立了"王蒙文学艺术馆"。沧州建立了"王蒙文学院"。文化部、中央文史研究馆、中国作协、青岛中国海洋大学也都举办了有关王蒙从文 60 年的展览、纪念活动。

2013 年对于我是重要的，这一年，怀念着也苦想着瑞芳、万念俱灰的我在友人的关心下结识了《光明日报》的资深知名记者，被称为美丽秀雅的单三娅女士，我们一见钟情，一见如故，她是我的安慰，她是我的生机的复活。我必须承认，瑞芳给了我太多的温暖与支撑，我习惯了，我只会，我也必须爱一个女人，守着一个女人，永远通连着一个这样的人。我完全没有可能独自生活下去。三娅的到来是我的救助，不可能有更理想的结局了。我感谢三娅，我仍然是九命七羊，我永远纪念着过往的 60 年、65 年、80 年，我期待着仍然奋斗着未来。当然，如我的小说的题目，明年我将衰老，而在尚未特别衰老之际，我要说的是生活万岁，青春万岁，爱情万岁。

王蒙与单三娅女士。
（林芳璐摄）

第九章 彩霞夕阳

再放一炮：闷与狂

2014，接续着头一年的六十年文学生涯展览，人民文学出版社出版了《王蒙文集》四十五卷。1986，天津百花文艺出版社出版《王蒙选集》四卷。1993，华艺出版社出版《王蒙文集》十卷。2003，人民文学出版社出版《王蒙文存》二十三卷。

继续着去年出《这边风景》的势头，我从去秋到今夏写了长篇潜小说《闷与狂》，潜小说的意思是将它的故事与人物潜入水底，而写感觉，写情绪，写心境，写意识与思维，写内宇宙，写语言的舞蹈。原来我给书起的题名是《烦闷与激情》。出版方说那样的话像哲学论文题目。读稿的编辑说是读起来过瘾，痛快。我自

2014 年《王蒙文集》（45 卷）出版，总计 1500 万字，是王蒙思想和文学创作的集大成者。

2014年9月1日，文学大时代五代作家的跨时代对话暨王蒙最长篇小说《闷与狂》首发仪式。（彭世团摄）

2014年5月1日，王蒙文学艺术馆在中国四川省绵阳市的川音绵阳艺术学院开馆。（彭世团摄）

己写得也欢蹦乱跳。其中《为什么是两只猫》曾作为单篇散文发表在《人民文学》杂志上，我受到了同行的莫大鼓励。出书后举行了所谓五代作家的座谈，刘震云、麦家、张悦然、盛可以、谢有顺等文友宣布我回到了十八岁。十足年龄八十耄耋矣，尚能蹦跶否？答：能！

还有今年出版了《这边风景》的维吾尔文版，在乌鲁木齐，在伊宁，我参加了书的首发式，令人感动。

十月十五日，恰恰是我的八十岁生日，我参加了在人民大会堂举行的习近平同志召集的文艺座谈会。为此，我在《人民日报》著文：《动心·洗礼·发现》。

而在四川的科技之都绵阳市，艺术学院（后更名四川文化艺术学院）建成了王蒙文学艺术馆。并印刷了《踏遍青山人未老·王蒙画册》。布展的水平较高。我的大批旧物也借给他们使用。

又是一个高潮

2015年新年一过，我应邀乘"三沙1号"交通补给船去了三沙市。回想1982年首赴三沙，已23年矣，眼看着国家在发展，南海在发展，永兴岛面貌一新，能不感奋？

年初出版了我谈《论语》的书《天下归仁》。最妙的是2015年4月同期，《人民文学》《中国作家》《上海文学》三家杂志分别发表了我的短篇

2015 年 1 月在首航的"三沙 1 号"交通补给船上。 （彭世团摄）

2015 年 8 月 26 日，第九届茅盾文学奖获奖图书《这边风景》版权输出签约仪式在北京国际图书博览会举行。 （彭世团摄）

小说《仇仇》《我愿乘风登上蓝色的月亮》与中篇小说《奇葩奇葩处处哀》。《奇》稿《小说选刊》《小说月报》《中华文学选刊》《中篇小说选刊》全文转载。随后由四川文艺出版社以《奇葩奇葩处处哀》为题出版了这三篇作品的合集。即使我年轻的时候，还没有写得发得这样集中过，算是写作生涯中掀起的又一个小小的高潮。

本年夏末，《这边风景》获得了茅盾文学奖。参加了有关活动。此前此书获得了"五个一工程"奖与"中国好书"称号。

这一年我首次个人出境旅游，与三娅一道到了阿联酋，到了意大利热那亚，乘意大利邮轮地中海幻想曲号，游览了米兰、庞贝、西西里、马耳

2017 年 6 月在伊犁哈萨克自治州伊宁市巴彦岱镇和维族老乡在一起。　　　　　　　（张彬摄）

他、巴塞罗那、马赛等地。

又与库尔班江一道访问了埃及与土耳其。最难忘的是在开罗用维吾尔语与艾兹卡尔大学神学院的中国新疆留学生座谈。戴着面纱的女生会后过来叫着爷爷与我拥抱。我过去说过，现在还要说，我爱新疆的各族人民，新疆各族人民对我恩重如山！

还愿女神与会面普京

2016 年，过得仍然是充实丰满，耳朵有些重听，视力缓慢下降，精神仍然奕奕，文思仍然澎湃。

这一年我完成了非虚构中篇小说《女神》，发表于《人民文学》第 11 期，《小说选刊》《新华文摘》全文转载。圆了我六十年的梦。为此，我还与三娅重游了瑞士。

这一年，我出版了谈孟子的书《得人心 得天下》，获得相当的好评。

9 月 19 日《人民日报》理论版以半个版的篇幅发表所写《着眼民族复兴伟业，推进文化发展繁荣》一文。同月 22 日，《光明日报》以整版篇幅发表我在山东济南座谈会上的发言稿：《文化自信的历史经验与责任》。

这一年我访问了美国加州的洛杉矶与旧金山，参加尼山论坛与图书馆讲座。回来不久去了马来西亚，参加华文文学发奖活动。12 月，又去了俄罗斯圣彼得堡，参加世界文化论坛。并作为嘉宾，与普京总统会面，我

2016 年 10 月出席马来
西亚第 14 届马华文学奖颁奖
典礼。 　（张彬摄）

应邀发了言。普京的精明强悍利索，给人留下了深刻印象。

王蒙老乎？王蒙老矣。王蒙老乎？照写不误，照讲不误，照做不误，照游（历与泳）不误。大风起兮云飞扬，王蒙老兮情意长，啪啪敲键兮文思旺，衰老有致兮彩霞夕阳！

2016 年 10 月与单三娅女士在马六甲海峡。   (张彬摄)

　　2016 年 11 月出席俄罗斯第五届圣彼得堡国际文化论坛。与俄文化部部长梅津斯基亲切交谈并赠送梅津斯基俄文版长篇小说《活动变人形》一书。

(张彬摄)

附　录

王蒙年表

1934 年　10 月 15 日出生于北平，祖籍河北省南皮县龙堂村。王蒙在姐妹兄弟四人中排行第二。父亲王锦第毕业于日本东京帝国大学教育系，母亲肄业于北京大学。

1940 年　6 岁，进入北京师范学校附属小学，学习成绩优异。

1945 年　11 岁，跳级考入私立北平平民中学。

1946 年　12 岁，在北平全市中学生演讲比赛中获初中组第三名。与地下党取得联系。

1948 年　14 岁，初中毕业，考入位于北京的河北高中；与同学办刊物《小周刊》，被校方查禁。10 月 10 日加入中国共产党。

1949 年　15 岁，3 月中断学业参加工作，任新民主主义青年团北京市筹备委员会中学委员会中心区委员。10 月 1 日，作为中央团校二期学员参加中华人民共和国开国大典。

1950—1953 年　16 岁，4 月从中央团校毕业，和全体学员一起受到毛泽东主席接见。19 岁，任青年团北京东四区委副书记。开始文学写作。

1954 年　20 岁，完成第一部长篇小说《青春万岁》初稿。

1955 年　21 岁，小说《小豆儿》发表于《人民文学》。

1956 年　22 岁，被评为北京市青年社会主义建设积极分子。调四机部北京

738 工厂（北京有线电厂）任团委副书记。中篇小说《组织部新来的年轻人》发表。

1957 年　23 岁，与崔瑞芳女士结婚。

1958 年　24 岁，5 月在"反右"运动后期，被错划为"右派分子"，开除党籍，下放北京市门头沟区斋堂公社军饷乡桑峪村劳动锻炼。10 月长子王山在北京出生。

1960—1962 年　26 岁，在北京大兴县三乐庄市委副食生产基地劳动。7 月次子王石出生。27 岁，被摘掉"右派分子"帽子。28 岁，到北京师范学院中文系任助教。

1963 年　29 岁，12 月举家西迁新疆，在新疆维吾尔自治区文联工作，任《新疆文学》编辑。

1965 年　31 岁，4 月下放伊宁县巴彦岱红旗人民公社二大队任副大队长，在这里学会了维吾尔语。

1969 年　35 岁，3 月女儿王伊欢在伊犁出生。

1974 年　40 岁，重新开始写作，创作以新疆农村为背景的长篇小说《这边风景》。

1978 年　44 岁，5 月短篇小说《队长、书记，野猫与半截筷子的故事》在《人民文学》发表，标志着重返文坛。作品《最宝贵的》获该年度全国最佳短篇小说奖。

1979 年　45 岁，"右派"问题获得彻底改正，恢复党籍；6 月回京，任北京市作家协会专业作家；10 月以主席团成员身份出席第四届文代会，当选为中国作协第三届理事会理事。发表中短篇小说《布礼》《悠悠寸草心》《夜的眼》；长篇小说《青春万岁》由人民文学出版社出版。

1980 年　46 岁，6 月首次出国，随由冯牧率领的中国作家代表团访问联邦德国；8 月与艾青等赴美国参加衣阿华大学"国际写作计划"活动。发表中短篇小说《蝴蝶》《海的梦》《风筝飘带》《说客盈门》《春之声》。《春之声》获该年度全国优秀短篇小说奖。

1981—1983 年　47 岁，任中国作家协会书记处书记。48 岁，列席中国共产党第十二次全国代表大会，当选为中央候补委员。49岁，任《人民文学》主编；10月出席中共十二届二中全会。

1984年 50岁，5月率中国电影代表团携电影《青春万岁》赴苏联塔什干亚非拉电影节参展；10月1日第一次登上天安门城楼参加建国35周年国庆观礼；12月出席中国作家协会第四次代表大会。

1985年 51岁，1月在中国作协第四次代表大会上当选为常务副主席、党组副书记；6月与张洁等14名作家前往西柏林出席"地平线艺术节"活动；9月当选为中央委员（至1992年）。

1986年 52岁，6月25日就任中华人民共和国文化部部长；6月29日陪同中共中央总书记胡耀邦在中南海会见并宴请意大利著名男高音歌唱家帕瓦罗蒂；10月率代表团访问朝鲜；12月访问阿尔及利亚、法国和意大利；长篇小说《活动变人形》出版。

1987年 53岁，2月获日本创价协会和平与文化奖，出访泰国与诗琳通公主会见；9月前往意大利，获颁蒙德罗国际文学特别奖。

1988年 54岁，10月递交辞去文化部部长职务辞呈，未获批准。

1989年 55岁，访埃及、约旦，获约旦作家协会名誉会员称号。9月4日获准辞去文化部部长职务。

1990年 56岁，发表关于《红楼梦》、李商隐的系列文章。

1991年 57岁，短篇小说《坚硬的稀粥》引发"稀粥风波"。

1992年 58岁，9月应邀请前往澳大利亚布里斯班市参加"华拉那"节和"全澳作家周"活动，并赴悉尼等地访问；10月列席中国共产党第十四次全国代表大会；11月在首届中国李商隐研究会学术讨论会上被选为名誉会长。

1993年 59岁，2月当选全国政协委员，出席全国政协第八届会议；与妻子崔瑞芳一起访问新加坡、马来西亚、美国及香港地区；年底赴台湾参加两岸三地——四十年来中国文学会议。

1994 年　60 岁，3 月在全国政协八届二次会议上当选为全国政协常委。

1995 年　61 岁，5 月担任中国小说学会会长（2001 年卸职）。

1996 年　62 岁，12 月出席中国作协第五次全国代表大会，当选为中国作家协会副主席。

1997 年　63 岁，被聘为解放军艺术学院名誉教授。

1998 年　64 岁，3 月在全国政协九届一次会议上继续当选为全国政协常委。

1999 年　65 岁，7 月被聘为国家图书馆顾问。

2000 年　66 岁，长篇小说"季节系列"出版完成。

2002 年　68 岁，4 月受聘中国海洋大学顾问、文学院院长、教授，为文学院和王蒙研究所成立揭牌。

2004 年　70 岁，11 月获俄罗斯科学院远东研究所名誉博士学位。

2005 年　71 岁，2 月被任命为第九届全国政协文史和学习委员会主任委员。

2006—2008 年　72—74 岁，以中国政府文化代表团团长身份访问越南；出访伊朗；出任中伊友好协会名誉主席。出版自传三部曲《半生多事》《大块文章》《九命七羊》。

2009 年　75 岁，1 月被聘为中央文史研究馆馆员。11 月被授予澳门大学荣誉博士学位。《老子的帮助》出版。

2010 年　76 岁，4 月出席在台湾举办的 21 世纪世界华文文学高峰会议。《庄子的快活》《庄子的享受》出版。

2012 年　78 岁，3 月 23 日妻子崔瑞芳在北京辞世，享年 80 岁。6 月《中国天机》出版。

2013 年　79 岁，4 月《这边风景》出版。5 月赴新疆出席"王蒙书屋"开馆仪式。"王蒙八十华诞系列活动"陆续举行，9 月 27 日，"青春万岁——王蒙文学生涯六十年"展览在国家博物馆开幕。同日，《王蒙八十自述》由人民出版社出版。

2014 年　80 岁，1 月《王蒙文集》（45 卷）由人民文学出版社出版。5 月出席绵阳四川文化艺术学院王蒙文学艺术馆开馆仪式及系列学术活动。10月出席中共中央总书记、国家主席、中央军委主席习近平主持召开的文艺工作座谈会。12月出席国家博物馆举办的"吉光片羽——书法家写王蒙文句展"开幕式。《与庄共舞：人生的自救之道》《王蒙执论》《这边风景》维吾尔语版、《闷与狂》出版。

2015年 81岁，1月，乘"三沙1号"赴西沙永兴岛，并被聘为三沙市人民政府顾问。8月《这边风景》获得第九届茅盾文学奖。9月参加北非、西地中海邮轮游。游览阿布扎比、迪拜、热那亚、米兰、庞贝、西西里、马耳他、巴塞罗那、马赛等地。11月出席"讲述新疆"活动，赴埃及、土耳其，与两国各界并新疆在埃及的留学生见面，获得成功。《天下归仁》《文化掂量》《奇葩奇葩处处哀》出版。

2016年 82岁，9月出席美国洛杉矶公共图书馆举办的第二届"尼山国际讲坛"，与杜克雷先生进行"关于中国传统文化的对话"。10月出席中国海洋大学王蒙文学研究所主办的"向经典致敬：王蒙《组织部来了个年轻人》发表60周年座谈会"。11月出席马来西亚马华文学奖的颁奖活动并举行文学讲座。11月出席俄罗斯第五届圣彼得堡国际文化论坛，与俄罗斯总统普京会见并发言，与俄罗斯文化部部长梅津斯基、马林斯基剧院艺术总监、首席指挥捷杰耶夫会面。《游刃有余——王蒙谈老庄》《得民心 得天下——王蒙说〈孟子〉》出版。

2017年 83岁，8月出席由花城出版社、《花城》杂志举办的第六届花城文学奖颁奖仪式，获"花城文学奖·特殊贡献奖"。人民日报发表《旧邦维新的文化自信》。《女神》、《赠给未来的人生哲学——王蒙 池田大作对谈》（日文版）出版。

策　　划：书　元　广　伟　于　青
责任编辑：曹　春　陈汉萍　陈佳冉
特约编辑：王　安　彭世团
助理编辑：赵　进　张胜蓉
装帧设计：曹　春

图书在版编目（CIP）数据

王蒙八十自述／王蒙　著．–北京：人民出版社，2013.9（2023.9 重印）

ISBN 978 – 7 – 01 – 012188 – 8

I. ①王…　II. ①王…　III. ①散文集 – 中国 – 当代　IV. ① I267

中国版本图书馆 CIP 数据核字（2013）第 113390 号

王蒙八十自述
WANGMENG BASHI ZISHU

王　蒙　著

人民出版社 出版发行

（100706　北京市东城区隆福寺街 99 号）

北京新华印刷有限公司印刷　新华书店经销

2013 年 9 月第 1 版　2023 年 9 月北京第 4 次印刷

开本：710 毫米 ×1000 毫米 1/16　印张：16.5

字数：175 千字

ISBN 978 – 7 – 01 – 012188 – 8　定价：88.00 元

邮购地址 100706　北京市东城区隆福寺街 99 号

人民东方图书销售中心　电话（010）65250042　65289539